天魔神教 洛陽本部

천마신교 낙양본부

천마신교 낙양본부 2

정보석 新무협 판타지

초판 1쇄 찍은 날 § 2020년 6월 17일
초판 1쇄 펴낸 날 § 2020년 6월 24일

지은이 § 정보석
펴낸이 § 서경석

편집책임 § 김예슬
디자인 § 공간42

펴낸곳 § 도서출판 청어람
등록번호 § 제387-1999-000006호
등록일자 § 1999. 5. 31
어람번호 § 제2-2834호

주소 § 경기도 부천시 부일로 483번길 40 서경B/D 3F (우) 14640
전화 § 032-656-4452 팩스 § 032-656-4453
http://www.chungeoram.com
E-mail § chungeorambook@daum.net

ISBN 979-11-04-92206-0 04810
ISBN 979-11-04-92204-6 (세트)

정보석 新무협 장편소설

FANTASTIC ORIENTAL HEROES

천마신교 낙양본부

2

天魔神教 洛陽本部

천마신교 낙양본부

次例

第六章

운정은 무당파 최고 경공 제운종을 펼쳐 카이랄의 발걸음을 따라가며 말했다.

"잠깐 멈춰 봐."

"왜?"

"내력을 아껴야 해."

"무슨 뜻이지?"

"일단 멈춰 봐."

카이랄은 서서히 속도를 줄였고, 범인이 걷는 수준이 되자 운정이 말했다.

"사정이 있어서, 내력을 함부로 쓰지 못해. 불필요한 일이라면 굳이 쓰지 않았으면 해."

카이랄은 눈살을 찌푸렸다.

"지금 우린 전투를 하러 가는 거다. 적을 죽이지 못하면 우리가 죽는다."

"급한 상황이야 기꺼이 쓰겠지만, 지금 이렇게 뛰어갈 일은 없잖아?"

"……."

"꼭 해야 한다면, 그렇게 하고."

카이랄은 고개를 저었다.

"그럴 필요는 없다. 다만 내 걸음은 축복에 의한 것이라 소모가 없다. 그래서 난 그저 자연스럽게 뛰었을 뿐이지. 내 걸음을 따라오는 데 네게 어떤 소모가 있으리라곤 생각하지 못했어."

소모가 없다는 말인즉 동력이 무한하다는 말. 입신의 고수가 무한한 내력을 사용하여 무공을 펼치는 것과 일맥상통하는 말이다.

다만 카이랄의 말에 비추어 보면 그것은 입신의 경지와는 다른, '축복'이라는 것에 근거를 두는 듯싶었다.

운정이 중얼거렸다.

"축복이라……."

카이랄은 하늘을 올려다보며 말했다.

"어차피 여명이 되기까진 시간이 많이 남았으니 걸어가도 괜찮아. 그전에는 문을 열지 못할 테니까. 아니, 차라리 은밀히 다가가기 위해선 걸어가는 것이 좋겠다."

"태반은 무슨 소린지 모르겠지만, 어쨌든 시간은 있다는 거지? 그럼 걷자고."

카이랄과 운정은 그렇게 걷기 시작했다.

운정의 상태에 궁금증이 든 카이랄이 물었다.

"내력은 얼마나 쓸 수 있는 것이지?"

운정이 말했다.

"글쎄. 일 갑자 정도라고 하면 알아듣겠어?"

"갑자라. 분명 60년이라 들었는데, 맞나?"

"응."

카이랄의 긴 귀가 몇 번 씰룩거렸다.

"시간의 단위가 어떻게 내력의 단위가 되는지 모르겠다."

"절대적인 기준은 아니야. 대강 따져서 산출한 거라 각자 의견 차이가 크지. 게다가 양뿐만 아니라 질도 따지는데, 이게 또 웃기는 게 질에는 단위가 없거든. 그저 순수하다, 탁하다 정도로 어설프게 표현할 뿐이야."

운정의 작은 투정에 카이랄이 다소 낮은 목소리로 말했다.

"인간의 것답지 않게 정확한 체계가 없군. 그래선 제대로 계산할 수 없겠어. 흐음, 방금 전 나와 그 화산파 고수의 손에서 검을 놓치게 만든 그 바람의 마법 말이야. 몇 번이나 더 쓸 수 있나?"

"그것만 쓴다면야 수백 번이고 가능하지."

카이랄은 놀란 표정으로 그를 돌아봤다.

"정말인가? 검객의 아귀힘을 이길 정도로 강한 바람을 일으켜야 하지 않나?"

"꼭 그렇지만도 않아. 그저 손과 검 사이에 있는 공기를 먼저 팽창시키고 그 뒤에 그 속에 바람을 일으키면 훨씬 쉬워지니까."

"……."

"도술과 검술이 함께 흥했던 시절에 도사들이 검사들을 상대하기 위해서 만든 도술로 알고 있어."

카이랄은 고개를 갸웃했다.

"그런 놀라운 마법을 수백 번이고 펼칠 수 있으면서 내력을 아껴야 한다는 게 솔직히 이해가 가질 않는다."

"그 도술은 내력이 아니라 심력(心力)을 기반으로 하니까. 내가 또 심력은 꽤 괜찮거든."

"심력?"

"왜 집중하다 보면 머리가 띵하고 정신이 없어지잖아. 뇌가 잘 안돌아가기 시작하면서 말이지. 이를 심력이라 해."

운정은 자기 머리를 톡톡 찔렀고, 그 모습을 본 카이랄이 말했다.

"아, 어떤 의미인지 알겠다. 심력은 우리 쪽의 포커스(Focus)를 뜻하는군."

운정이 더 설명했다.

"그 도술은 내력을 거의 소모하지 않아. 하지만 상대방의 몸과 무기 사이에 흐르는 기류를 정확히 파악해야 해서, 심력이 소모되지. 솔직히 거의 무한히 펼칠 수 있는데, 심력이 줄어들면 내력을 다스리는 데 영향이 가서 그래."

카이랄은 눈과 눈 사이를 매만지며 중얼거렸다.

"흐음, 나쁘지 않군. 마법사들은 매개체가 없으면 마법을 펼칠 수 없으니, 그 마법, 아니, 도술을 사용한다면 손쉽게 우위를 점할 수 있겠어."

"계획이 뭔데? 설명을 해 줘 봐."

카이랄은 말 대신 손을 내밀었다.

"직접 느껴 보는 것이 좋겠지. 우선 손을 잡아라."

운정은 카이랄은 내민 손을 물끄러미 바라보다가 말했다.

"이상하네."

"뭐가?"

"여자 손을 잡으려 할 땐 마음이 들뜨고 좋았는데, 남자 손을 잡으려 하니 속이 뒤틀리는 것 같아서."

소청아는 운정과 함께하는 동안, 이런저런 이유를 생각해 내서 그의 손을 잡기도 하고 그의 품에 안기기도 하는 등 자기의 작은 욕망을 지혜롭게 실현시켜 나갔었다.

그때 운정은 난생처음 마음이 한없이 들뜨는 기분을 느꼈다. 식욕이나 수면욕과는 비교도 할 수 없을 만큼 복잡하고 섬세한 그 기분은 분명 중독될 수 있을 만큼 즐거웠다.

그러나 그는 그것의 끝자락에 도사리는 욕구가 바로 성욕이란 것을 몇 번의 상고 끝에 깨달았다.

그 이후로 그는 도사의 본분을 잊지 않기로 하고 선공을 운용하여 마음을 다스렸었다.

그런데 묘하게도 남자의 손을 잡으려 하니, 즐거움과 기대감은커녕 정반대인 혐오감밖에 들지 않는 것이다. 운정은 그 자체에 의문을 느꼈다.

카이랄이 말했다.

"이유야 어찌 됐든, 남자가 남자 손을 잡는 건 유쾌하지 않은 일이지."

"흐음, 왜 그런 걸까?"

"소수지만, 인간 중엔 그 질문에 답을 줄 사람이 있을 것 같기도 하군."

"무슨 말이야?"

"내 알기론 중원에선 남색(男色)이라고 한다. 그들은 남자면서 다른 남자의 손을 잡는 걸 여자의 그것처럼 느끼니 그들에게 그 변화에 대해서 물어보면 알지 않겠는가?"

"흐음, 이상하군. 남자 등에 업혔을 땐 딱히 이런 느낌은 없었는데."

카이랄은 슬쩍 옆을 보았다. 운정이 턱을 괴곤 고심하려 하자, 손가락을 튕겨 소리를 냈다.

"정신 차려. 아직 여유롭지만, 사색할 정도는 아니다."

운정은 작은 미소를 지었다.

"버릇이라. 하여간 손을 잡으면 어떻게 되는데?"

"일단 잡아 봐."

이번엔 카이랄이 미소를 짓자, 운정은 꺼림칙한 기분을 떨쳐 버리곤 그의 손을 잡았다.

"아무런 차이도 없는데?"

그의 말대로 변한 것은 없었다.

카이랄이 말했다.

"지나가는 풍경에 집중해 봐."

운정은 의심스러운 눈초리로 그의 말대로 했다. 그러자 그의 눈에 가득했던 의심이 놀람으로 바뀌었다.

"무, 무슨……."

"축복의 효과다. 네가 경공을 펼치는 것만큼이나 빠르지 않나?"

"……."

운정은 자신의 발을 내려다보았다. 그는 분명히 평상시처럼 걸음을 걷고 있었다.

그의 다리가 움직이는 속도나 앞으로 내딛는 발만 보면 산보를 하고 있는 것과 전혀 다를 바 없었다.

하지만 그의 발아래로 쏜살같이 지나가는 지면과, 그 주변 풍경을 바라보면 그가 경공을 펼칠 때와 같은 속도로 그들이 움직이고 있음을 알 수 있었다.

애초에 그것을 자각하지 못하고 있었던 것부터가 이해되지 않을 정도였다.

마치 빠르게 흘러가는 물 위를 걷는 것과 같은 그 놀라운 경험은, 카이랄이 손을 떼자 꿈에서 깨어나는 것처럼 사라져 버렸다.

"축복을 나눠 주는 건 포커스, 아니, 심력의 소모가 있으니 이쯤에서 그만하지. 네가 말했던 것처럼 불필요한 낭비는 내력이든 심력이든 없는 게 좋을 테니까."

운정은 눈을 몇 번이나 껌벅였다. 주변을 보니 방금 전에 있던 공터와는 전혀 다른, 울창한 숲속에 그들이 있었다.

"바, 방금 나도 너처럼 빠르게 걸은 거야?"

"그렇다."

운정은 얼이 빠진 듯한 표정으로 카이랄을 보았다.

"세상에. 보법을 같은 수준에서 다른 사람이 펼치게 해 주다니. 그것도 바로 즉시… 무공에선 도저히 불가능한 일이야."

카이랄은 득의양양한 표정을 지었다.

"뭐, 우리 쪽에선 도저히 불가능한 일들을 너희들도 아무렇지도 않게 해내니 그 반대도 있어야 하지 않겠나?"

"흐음."

"축복 중에는 이뿐만 아니라, 다른 것도 있다. 바로 존재감이 사라지는 축복이지."

운정은 카이랄을 처음 봤을 때를 떠올렸다. 부엌 속 그림자에서 나타나, 눈으로 그를 볼 수 있었음에도 그의 존재감을 전혀 느낄 수 없었다.

심지어 정채린은 그가 환각이 아닐까 의심하곤 운정에게도 그가 보이나 물었었다.

"아, 기억나."

"나는 그 축복을 네게 나눠 줄 수 있다. 내가 무슨 생각을 하는지 이제 알겠나?"

운정은 고개를 끄덕였다.

"암습하자는 거지? 존재감이 흐려진 상태에서 적을 무력화시키는 것."

"그리고 무방비한 상태에 놓인 마법사들을 내가 암살하면 된다. 뭣하면 네가 하고"

"미안하지만 도사는 살생하지 못해. 하려면 네가 해야 한다."

"제약 같은 건가?"

"그런 셈이지. 내가 익힌 무학에선 살생은 되도록 피해야 하며 살인은 거의 불가능하다고 봐도 무방하다. 누군가의 생명을 취하려면 무고한 사람을 죽이려는 악인 정도. 그리고 직접 목도해도, 보이지 않을 정도의 원거리에서 해야만 해."

카이랄은 팔짱을 끼며 숨을 깊게 들이마셨다.

"극히 까다로운 제약이군. 네가 젊은 나이에 그토록 강한 것도 이해가 간다. 보아하니 코스모스(Cosmos) 스쿨(School)과 비슷한 것 같군. 대단히 어려운 길을 가고 있군그래?"

"그런가? 그쪽에도 무당파의 가르침과 비슷한 게 있나 봐?"

호기심으로 맑게 빛나는 운정의 두 눈동자가 부담스러워진 카이랄이 시선을 돌렸다.

"나중에 소개해 주겠다. 어쨌든 알겠다. 나야 몇 명을 죽이든 제약 따윈 없으니까 죽이는 건 내가 하지."

운정은 자기 양손을 내려다보며 말했다.

"처음인데, 예행연습이라도 해야 하지 않겠어?"

"안 그래도 하려 했다. 존재감이 사라지는 축복을 위해선, 나도 다른 존재를 최대한 인식하지 말아야 해. 네가 그 도술을 쓰기 위해서 집중하는 동안 축복에서 벗어나는지 확인해 봐야 될 것 같다."

"어떻게 확인하지?"

"저기 새가 보이나? 저 새를 바람으로 날려 봐라."

카이랄은 운정의 어깨에 손을 올리곤 다른 손으로 한 나뭇가지를 가리켰다.

그곳에는 부엉이 한 마리가 사방을 돌아보며 먹이를 찾고 있었다.

운정은 양손을 앞으로 뻗어 깊이 집중했고, 부엉이와 나무 사이의 공기의 흐름을 모두 파악한 뒤, 바람을 불어 넣었다.

푸드득!

부엉이가 날아오르는 그 찰나, 단검 하나가 일직선으로 날아가 그 부엉이의 가슴에 꽂혔다.

카이랄이 공중에서 손가락을 몇 번이고 흔들자 단검이 가슴에서 서서히 사라졌고, 곧 부엉이의 가슴에서 핏줄기가 솟아올랐다.

"이 정도면 괜찮은 수준이다. 축복이 이어지는 건 바람을 넣는 그 순간까지로군. 마나(Mana)에 민감한 마법사라면 어떤 위화감을 느낄 순 있겠지만 그게 지팡이를 놓치게 만드는 도술이란 건 모를 것이다."

"그래?"

“정말 쉽게 끝날 수도 있겠다.”

운정은 어느새 카이랄이 손에 잡힌 단검을 품 안으로 회수하는 것을 보곤 말했다.

“그거, 손 몇 번 흔드니 단검이 손으로 돌아온 거야? 아깐 땅에 있는 걸 그냥 주웠으면서.”

카이랄은 앞으로 걸어 나가며 말했다.

“적에게 보일 기술이 아니니까. 하여간 이건 얼마든지 쓸 수 있는 잔기술에 불과하니 너무 그리 놀라진 마.”

운정은 그를 따라가며 물었다.

“놀랐다기보단, 저쪽 마법사도 지팡이를 즉시 회수할 수 있지 않을까 해서 물어보는 거야.”

카이랄은 대수롭지 않다는 듯 말했다.

“그런 기술이 있기야 하지. 마법사들은 기본적으로 물체를 임의적으로 움직일 수 있으니까. 하지만 그동안은 무방비가 된다는 점이 중요하다. 가뜩이나 마법사들은 기습에 취약하지. 그러니 우리의 전략은 제대로 먹힐 거다. 이건 오랫동안 전투로 세월을 보낸 내 감이 말하고 있어.”

운정이 슬쩍 카이랄을 보니, 그의 두 눈빛이 불타오르고 있었다. 걸음걸이에도 작은 변화가 있어 그가 조금 흥분해 있다는 것을 쉽게 알 수 있었다.

“즐거워 보이네.”

카이랄이 말했다.

“마법사들을 죽이는 건 언제나 즐거운 일이지.”

"……."

그로부터 그들이 첫 상대를 만난 건 일각도 채 지나지 않아서였다.

적은 총 세 명.

모두 지팡이를 들고 있었는데, 그중 한 명이 주문을 읊고 있었고, 두 명은 바위틈에 걸터앉아 잡담을 나누고 있는 듯했다.

카이랄과 운정은 그들로부터 대략 열 장 정도 떨어진 곳 나무 뒤에 숨어 있었다.

카이랄은 그의 손을 마주 잡은 운정의 손바닥에서 축축한 느낌이 전해져 오자 피식 웃었다.

"긴장했나?"

"긴장? 아니?"

"손에서 땀이 나는데?"

"긴장보다는 불쾌해서 그런 거야. 꼭 이렇게 손을 잡아야 해?"

운정은 잔뜩 찡그린 얼굴로 마주 잡은 두 손을 배설물 보듯 했다.

카이랄이 말했다.

"격하게 움직일 수 있으니, 깍지라도 낄까 했는데 말을 안 꺼낸……."

"그랬다간, 그냥 화산파에 돌아가겠어."

"역시 끝까지 말을 꺼내지 않기를 잘했군."

"어."

운정은 턱을 쭉 빼며 혐오감을 표현했다. 카이랄은 피식 웃고는 다른 손에 쥔 단검의 끝으로 마법사 셋을 가리켰다.

"저기 세 명이 보이나? 밤중이라 인간의 눈엔 보이지 않을 것 같은데, 중원인은 모르겠군."

"보여."

"역시. 그들 중 가만히 서서 지팡이를 모으고 주문을 외우는 자가 보이나? 그자가 마법을 읊고 있고, 다른 두 명은 휴식하고 있는 것으로 보아서 분명 교대로 마법을 쓰는 것이다."

"휴식? 그냥 잡담을 떨고 있는 것 같은데?"

"저들에겐 무림인의 운기조식에 해당하는 기술이 없다. 솔직히 우리 입장에서 그 기술만큼 놀라운 것도 없어. 저들은 잡담하며 스트레스(Stress)를 푸는 거다. 전장에서 잠을 잘 수는 없으니, 그마나 저게 낫지."

운정은 주문을 읊조리고 있는 다른 한 명에게 시선을 던졌다.

"이계의 마법은 저렇게 주문을 계속 읊고 있어야 하는 거야?"

"그런 종류의 캐스팅(Casting)이 필요한 마법이 있어. 심력을 지속적으로 소비해야만 하는 거다. 그걸 위해서 번갈아 가면서 캐스팅을 하는 거지."

"캐스팅?"

"마법을 완성하기 위해서 주문을 읊는 것이다. 네가 그 도술을 펼칠 때 두 손가락을 위로 올리는 그런 거랑 비슷하다고 보면 된다.”

“마법은 그걸 지속적으로 해야만 하는 거야?”

“꼭 그렇지도 않다. 일시적일 수도 있어.”

“그러면 셋이 한꺼번에 캐스팅을 하면 되잖아. 뭐 하러 번갈아 가면서 하는데? 그럼 일시적인 것이 아닌 거 아니야?”

“글쎄. 그런 식으로 속단할 수는 없다.”

카이랄의 얼굴에는 고민하는 표정이 역력했다.

운정이 물었다.

“일단 부딪혀 볼까?”

카이랄은 어이없다는 듯 되물었다.

“농담인가?”

“아니, 일단 칼을 맞대야 상대방의 실력도 알 수 있는 거 아니겠어? 길고 짧은 건 대봐야 알아.”

“그거야 중원의 상식이다. 우리 쪽에선 그렇게 호기롭게 나섰다간 까딱 잘못하면 바로 죽어. 반대로 제대로 준비하고 나가면 드래곤(Dragon)이라도 상대할 수 있다.”

운정은 턱을 긁었다.

“이상하네. 이계의 마법은 절대적이고, 중원의 무공은 상대적이라고 했는데?”

“좋은 분석이다. 그렇기 때문에 이계의 전투 양상은 상대적이 되고 중원의 전투 양상은 절대적이 되지.”

“무슨 말이야?”

“나중에 말해 주겠다.”

카이랄은 눈초리를 모으더니 그 마법사 셋에 더욱 집중했다.

운정도 마찬가지로 기감을 확장하여 기류를 파악했는데, 확실히 자연에선 절대로 느낄 수 없는 복잡하기 이를 때 없는 흐름이 느껴졌다.

그가 좀 더 집중하니, 하나의 예술 작품이라 일컬어도 모자랄 정도로 아름다운 도형들이 온 세상을 가득 메운 듯했다.

"아름답네."

"갑자기 또 무슨 소리지?"

"기류를 느꼈어. 화백이 기를 물감 삼아 하늘에 그림을 그려놓은 것 같아. 아니, 이건 더 이상 그림이라 부를 수 없는 수준이야. 공간 전체에 입체적으로 그려져 있고, 또 이리저리 질서정연하게 움직이며 동시에 그 성질이 바뀌고 있어. 마치 색이 바뀌는 물감처럼."

카이랄은 말을 더듬으며 물었다.

"정말인가? 마법도 쓰지 않고 마나(Mana)가 보이나?"

"그 말이 기류라면, 사실 보인다기보단 느끼는 거지."

"……."

카이랄은 말이 없었다. 마나야 그도 느끼고 있었다. 다만, 운정의 세밀한 표현을 들으니 훨씬 더 정밀하게 느끼는 것이 아닌가 하는 생각이 든 것이다.

운정이 고민하는 카이랄에게 물었다.

"왜?"

"중심을 봐 봐. 그리고 최대한 도형이 어떻게 생겼는지 알려 줘."

운정은 우선 카이랄이 한 말 그대로 중심을 보았다. 그러나 곧 고개를 저으며 말했다.

"저건 어떻게 말로 표현할 수 없어."

"네 감각을 공유할 수 있으면 좋으련만 그런 마법을 썼다간 바로 들킬 것이다."

"손을 잡으면 존재감이 사라진다며? 괜찮은 거 아니야?"

카이랄은 얼굴을 찡긋했다.

"그건 우리의 존재감. 우리 위에 덧씌워진 마법의 존재감은 그대로라, 그 마법을 보고 뭐가 있다고 생각할 거다."

그렇게 말한 그는 다시 눈초리를 모으고 그 셋을 주시했다. 운정은 목을 쓰다듬으며 말했다.

"난 꽤나 오성이 뛰어나서 사부님께 항상 칭찬을 들었는데, 지금은 정말 바보가 된 기분이야. 네가 하는 말 태반을 못 알아먹겠어."

"전부 생전 처음 보는 기술이니 어쩔 수 없지. 그러면 이렇게 물어보지. 직선이 많은가, 아니면 곡선이 많은가?"

"비슷비슷해."

"그 마법사의 지팡이에서 멀어지면 멀어질수록 곡선이 많아지나?"

"그건 그래."

"그럼 탐색마법일 가능성이 크겠어."

카이랄은 확신했다는 듯, 고개를 끄덕였다.

운정이 물었다.

"어떻게 아는데?"

웬만하면 그냥 넘어갈 것도 꼭 집어서 물어보는 운정을 돌아보며, 카이랄이 고개를 흔들었다.

"궁금한 게 너무 많은 거 아닌가? 애초에 그 객잔에서 나와 대화해 보겠다고 튀어나온 것부터 웃기지도 않았지, 사실. 마법사도 그 정도는 아닐 것이다."

"호기심은 내 오성의 원천이야. 하여간 어떻게 아는데, 탐색 마법이라는 건?"

"그것도 나중에."

"흐음, 궁금한데? 난 궁금한 건 못 참아."

"네가 그런 성격이란 건 누가 봐도 알 거다. 하여간 준비되면 저자의 지팡이를 날려 버려. 그러면 내가 알아서 하지. 혹시 가능하면 다른 두 명의 지팡이도 함께 날릴 수 있나?"

"동시에는 불가능하지만 순차적으론 가능해."

"간격은?"

"글쎄, 해 봐야 알 거 같아. 아무리 길어도 낙엽이 나무에서 떨어지는 정도보단 길지 않을 거야."

"흐음, 그럼 순서를 정해야겠네. 바위에 앉아 있는 두 명은 교대로 마법을 쓰고 탈진하여 휴식을 취하는 중일 거야. 그렇다는 뜻은 둘 중 하나는 많이 회복했고, 하나는 거의 회복하지 못했겠지."

운정에 카이랄의 논리를 거들었다.

"제일 왼쪽에 있는 애가 가장 기운이 없네. 얼굴에 쓰여 있어."

카이랄이 동의했다.

"그러면 더 오래 쉰 놈의 지팡이부터 무력화해. 그놈을 일격에 죽이고, 그다음은 지쳐 있는 놈. 그리고 마지막으로 마법을 읊고 있는 놈 순으로 하지. 탐색마법이라면 탐색하는 곳에 의식이 가 있을 테니, 자기 동료가 죽어 나가는 와중에도 의식을 바로 자기 몸으로 되돌릴 수 없을 거야."

"흐음, 알겠어."

카이랄의 손가락 사이에 낀 단검 세 개를 보는 것을 마지막으로 시야를 닫은 운정은 양손을 앞으로 살포시 뻗었다. 그리고 기의 흐름에 집중했다.

온 세상은 오색찬란한 빛으로 된 직선과 곡선으로 가득했다. 끊임없이 꿈틀거리며 움직이는데 그 속에 담긴 아름다움은 운정의 방대한 정신조차도 매료시킬 정도였다.

운정은 얼른 정신을 차리곤 마법사 한 명의 손과 지팡이 그 사이에 넘나드는 공기에 온 신경을 쏟았다.

기로만 놓고 봤을 때, 지팡이와 손은 한 몸처럼 연결되어 있었다. 마치 내력을 불어 넣은 검을 든 검객과도 비슷했다.

그러나 공기란 어느 곳에도 존재하는 법. 집요하게 그 사이를 뚫고 들어간 운정은 결국 그 사이를 벌리는 데 성공했다.

"엇?"

지팡이가 미끄러지듯 하늘 위로 날아가 버리자, 마법사는 당황한 표정으로 그 지팡이를 올려다보았다. 그와 함께 잡담을 나누던 다른 마법사도 그 마법사를 따라 위를 보았다.

때문에 심장으로 날아오는 단검을 볼 수 있는 사람은 아무도 없었다.

"크학!"

마법사는 가슴을 부여잡고 비명을 지르며 뒤로 꼬꾸라졌다. 그 모습을 본 동료 마법사는 안색이 핼쑥해지더니, 곧 그 단검이 날아온 방향으로 고개를 돌렸다.

그곳에는 숲의 축복을 받아 쏜살같이 달려오는 카이랄이 있었다.

"Nmad!"

마법사는 카이랄을 향해 지팡이를 뻗었다. 그러자 카이랄의 발걸음이 순식간에 멈춰져 앞으로 나아가지 못했다.

하지만 이미 그 수를 예상한 카이랄은 그 순간 손을 뿌려 단검 하나를 더 던졌다.

"커헙!"

입을 파고든 단검은 그 끝을 그 마법사 뒷머리에서 수줍게 내비쳤다.

카이랄은 양손을 흔들며, 단검을 회수하면서 또 다시 숲의 축복을 받은 걸음으로 막 주문을 읊는 것을 끝낸 마지막 마법사에게 달려갔다.

"Dark elf!!!"

그 마법사는 고통에 찬 표정으로 입에서 피를 뿜으며 큰소리를 외쳤다.

그는 지팡이의 끝과 다른 손의 손바닥을 카이랄에게 뻗고는, 그 둘을 공중에서 벌리듯 서서히 움직였다.

티— 잉!

하나의 소리였으나, 카이랄의 양손에 든 두 단검이 동시에 공중에 튕겨졌다. 그 뒤, 마법사가 지팡이를 휘젓자 또다시 카이랄의 몸이 공중에서 고정되었다.

마법사는 회심의 미소를 짓고는 눈을 감고 주문을 읊기 시작했다.

그 즉시 카이랄은 또다시 품속에서 단검 하나를 꺼내 마법사에게 쏘았고, 마법사는 그 단검을 오른쪽 어깨에 맞고는 지팡이를 놓쳤다.

카이랄은 몸이 자유를 되찾자마자 오른손의 검지와 중지를 쭉 뻗은 채 입가에 가져가며 또다시 달렸다.

그의 입은 쉴 새 없이 중얼거렸다.

그는 지팡이를 줍기 위해서 엉거주춤하는 마법사의 가슴팍에 무릎을 그대로 박아 넣고는, 마법사의 입에 그의 손가락을 처넣었다.

마법사는 갑자기 입속으로 들어온 이물질에 헛구역질을 했다.

눈은 잔뜩 충혈되어 눈물을 보였으며, 팔다리는 마구 진동했다. 하지만 이상하게도 그의 마법사의 입에선 어떠한 소리도 흘러나오지 않았다.

카이랄이 그를 내려다보며 말했다.

"Elahs ew yalp a emag?"

마법사는 공포가 가득한 눈으로 카이랄을 보았고, 카이랄은 씨익 웃으며 그의 왼손을 허리춤에 가져갔다.

그러자 반월 모양의 독문무기, 륜검(輪劍)이 그 손에 잡혔는데, 그 무기가 그 모습을 완전히 드러내기도 전에 그 마법사의 오른쪽 발목에 박혔다.

피슛—!

마법사의 두 눈동자가 뒤로 넘어가며, 온 얼굴에 핏줄이 굵게 섰다.

그의 사지가 몇 번이고 위아래로 떨렸다. 땅을 내려치는 둔탁한 소리가 울려 퍼졌지만, 그의 목에서 울려야 할 비명은 그 중에 없었다.

카이랄이 말했다.

"Tsrif sgniht tsrif. Woh ynam era uoy ereht?"

마법사는 다시금 악을 썼고, 카이랄의 륜검은 그의 다른 다리에 박혀 들어갔다.

카이랄이 다시 말했다.

"Woh ynam?"

이번에 마법사는 가만히 있었다. 그는 뒤로 넘어가던 두 눈동자를 간신히 붙잡아 카이랄을 쏘아볼 뿐, 그 외에 어떠한 행동도 하지 않았다.

이번엔 카이랄의 륜검이 그 마법사의 왼 손목에 박혔다.

"Yas ti."

마법사는 격한 숨을 내쉴 뿐, 그 눈빛에 변한 것이 없었다.

카이랄은 한숨을 푹하고 쉬곤 륜검을 들어 그 마법사의 목을 잘랐다.

피슛!

선혈이 뿜어지며 차가운 밤공기를 달구었다.

카이랄이 그 자리에 일어서 뒤쪽을 보니, 그곳엔 죽은 한 마법사의 시체 앞에서 두 손을 모으고 합장(合掌)을 하고 있는 운정이 보였다.

"뭐 하는 거지?"

운정은 눈을 감아 인사를 한 뒤에, 눈을 뜨며 말했다.

"명복을 빌었지."

"뭐?"

"명복 빌어 주는 거 꽤 짭짤하다고, 생각보다."

"……."

"무당파의 가르침이야. 그렇게 보지 말고. 그런데 그놈도 죽인 거야?"

카이랄은 륜검을 허리 뒤쪽으로 가져갔다.

"놀이를 잘할 줄 모르더군. 하는 수 없었지."

"그럼 비켜 봐."

"왜? 이미 죽었다."

"그러니까. 명복을 빌어야지."

"……."

카이랄이 말없이 옆으로 비켜나자, 운정은 정말로 그 마법사 앞에 서더니 다시금 합장을 했다.

그 모습을 보며 카이랄은 코웃음을 쳤다.

"중원의 문화는 알다가도 모르겠군. 죽여 놓고 기도를 해?"

막 합장을 마친 운정은 자기 옷을 툭툭 털면서 말했다.

"무슨 소리야. 죽인 건 너잖아?"

"……."

"가자고. 이계마법사와 싸우는 거, 생각보다 재밌네."

운정이 앞서 걸어가는 것을 본 카이랄은 고개를 절레절레 흔들면서 나지막하게 이계어로 말했다.

"Reven nees a namuh os hsivle sa mih……."

카이랄이 따라오자, 운정이 한쪽을 가리켰다. 그곳은 매우 가파르게 떨어지는 지형으로, 나무조차 듬성듬성 난 것이 웬만한 야생 짐승도 쉽사리 거닐기 어려워 보였다.

"저쪽이야."

운정의 말에 카이랄이 운정이 가리키는 방향을 따라보며 물었다.

"뭐가?"

"적들 말이야."

"어떻게 알지?"

"느꼈어, 기류를."

"……."

"그 마법사가 죽었을 때, 하늘에 펼쳐진 그 기류의 도형들이 완전히 사라지지 않았어. 대략 이 할 정도는 남았었는데, 그게 저쪽 방향으로 사라졌어."

"Kcuf."

낮게 으르렁거리는 카이랄의 말은 아무리 멍청한 사람이라도 욕이란 걸 충분히 알 수 있을 만큼 감정이 담겨 있었다.

운정이 물었다.

"작전대로 계속 갈 거야?"

카이랄이 침을 꿀떡 삼키더니 찡그린 얼굴을 피며 담담하게 말했다.

"월지는 내 목숨 열 개라도 걸 만한 가치가 있다."

그는 비탈길이 시작되는 곳까지 걸어왔다. 한 넓은 바위 위에 오른발을 올려놓고, 고개를 숙여 비탈길 아래를 내려다보았다.

운정이 물었다.

"어때?"

"여기서 적은 보이지 않는다. 하지만 분명 인위적인 마나가 느껴져. 그 눈으로 한번 봐라."

운정은 그를 따라 옆에 섰다.

"육안으로도 보이잖아."

"뭐? 어디?"

"저기. 네 눈엔 안보이나?"

운정이 한 곳을 가리키자 카이랄은 그곳에 초점을 맞추었다. 그러곤 눈을 가늘게 뜨고 집중했는데, 정말 점이라고 하기도 민망한 작은 무언가가 살짝살짝 움직이고 있었다.

급기야 두 눈을 비비기까지 한 카이랄은 운정의 얼굴을 몇 번이고 흘겨보고는 나지막하게 말했다.

"혈맹이라면 봤을 거다."

"응?"

"우리 일족은 동굴에 살기 시작하면서 멀리 보는 능력을 상당히 상실했다. 하지만 하얀 놈들이라면 충분히 봤을 것이다. 그러니 너무 기고만장해하지 마라."

"뭐야? 화난 거야?"

"설마. 무슨 소리 하는지 모르겠군. 일단 손부터 잡아라."

카이랄은 손을 내밀었고, 운정은 웃음기를 숨기며 그 손을 마주 잡았다.

카이랄이 말을 이었다.

"동굴의 축복을 받는 동안은 숲의 축복을 받지 못한다. 불편하겠지만, 일단 저기까진 숲의 축복 없이 가야 할 거다. 네가 바람의 마법을 사용할 수 있는 범위까지 도착하면 내게 말해줘라."

"그런 거라면 여기서도 가능한데?"

"뭐?"

되묻는 카이랄의 턱이 내려앉았다.

운정은 입술을 매만지다가 곧 자기 말을 고쳤다.

"하지만 거리가 너무 멀어 내력이 많이 들 테니까, 가까이 가는 것이 좋겠지."

"……"
"왜?"
카이랄은 한숨을 푹 쉬었다.
"차라리 네 말이 진실임을 몰랐다면 좋았을걸."
"응?"
"가자. 잡담은 이미 충분히 나눴다."
카이랄은 앞장섰고, 운정은 그의 발걸음을 따라 비탈길을 내려가기 시작했다.
운정이 보니, 카이랄의 걸음은 인간의 그것과는 매우 달랐다.
그는 지면에 노출된 바위나 나무줄기 위로 걷기 좋아했는데, 그것은 숲을 아는 사람이라면 절대로 해선 안 되는 것이다.
또한 몇 번이고 완전히 넘어질 정도로 몸을 기울이기도 했는데, 그것을 이용한 다음 걸음에서 중심을 잡는 등, 마치 일부러 묘기를 부리는 듯했다.
카이랄의 성격상 전장에서 장난을 치는 것은 아닐 것이다. 즉 그가 걷는 방식은 그가 생각하기에 가장 효과적이라 믿는 형태인 것이다.
운정은 슬며시 그의 걸음을 따라 해 보았다. 바위와 나무줄기 위로 걷기도 하고, 몸을 일부러 넘어뜨리기도 하는 등, 카이랄의 움직임에 맞춰 걸었다.
그러자 놀랍게도 소비되는 체력의 양이 확연히 줄어든 것이 느껴졌다.

처음 따라 하는 만큼 머리로 신경 써야 할 것이 많았지만, 만약 버릇을 들인다면 그만큼 효율적인 것도 없으리라.

탁.

카이랄은 운정의 가슴팍을 손으로 막았다. 운정이 그를 보자, 카이랄이 눈썹을 찌푸리며 말했다.

"또 무슨 생각을 하고 있던 것이지?"

운정이 머쓱하게 웃었다.

"아무것도 아니야."

카이랄은 한심하다는 듯 고개를 흔들더니, 턱짓으로 마법사들이 있는 곳을 가리켰다.

"저기 있다. 이미 경계 상태에 돌입해서 전처럼 쉽게 제압은 불가능할 것이다."

그들은 어느새 비탈길에서 완전히 내려와 평지에 있었다.

그곳엔 사람 세 명을 충분히 가리고도 남을 만큼 굵은 나무들이 듬성듬성 나 있었다.

그중 한 나무 뒤에 숨은 운정과 카이랄은 대략 10장 정도 떨어진 곳에 보이는 대여섯 명의 적을 찬찬히 관찰했다.

운정이 말했다.

"세 명은 마법사로 보이는데, 다른 자들은 뭐지? 인간이 아닌 거 같은데?"

분명 세 명은 전에 죽였던 자들과 같은 모습이었다. 하지만 다른 세 명은 흉측한 몰골과 뒤틀린 근육을 가진 요괴처럼 보였다.

카이랄이 말했다.

"패밀리어(Familiar)다."

"그게 뭔데?"

"마법사는 각각의 스쿨(School)에 따라 마법을 쓰는데, 어느 정도 경지에 이르면 자의식을 갖춘 또 하나의 분신을 가진다. 이때부터 마법의 한계를 확연히 넘기게 되는데, 그런 면으로 보면 중원의 절정고수와 비슷한 점이 많다."

운정은 고개를 갸웃했다.

"뭔지 모르겠지만, 무위(武威)는 절정급이란 건가?"

"무위가 비슷하다는 게 아니라, 첫 번째로 도달하는 임계점(臨界點)이라는 뜻에서 비슷하다는 것이다. 패밀리어가 없는 어프렌티스(Apprentice), 견습마법사와 패밀리어를 가진 위저드(Wizard), 마법사 간의 차이는 절정과 일류만큼이나 크니까."

"흐음. 임계점이라, 무슨 말인지 알겠어. 일순간 강해지는 경지라는 거지?"

기온이 떨어지다 보면 어느 특정 온도를 기점으로 물이 얼음으로 변하게 된다. 인구수가 많아지면 어느 특정 숫자를 기점으로 인구가 늘지 않게 된다.

그런 것처럼 무공이나 마법에도 전과 확연히 차이가 나는 일정한 수치, 즉 임계점이 있는 것이다.

카이랄이 마법사의 패밀리어를 둘러보며 말했다.

"패밀리어들이 비슷한 것으로 보니, 같은 스쿨이군. 구울(Ghoul)로 보이는데 그렇다는 것은 저들은 네크로맨서

(Necromancer)들이다. 죽음을 다루는 마법사들이지."

"죽음?"

"그리고 저기, 주문을 읊조리는 마법사 보이지? 엘프(Elf)다. 얼굴과 귀를 가렸지만, 대강 얼굴의 형태를 보면 알 수 있다."

운정이 집중해서 보니, 얼굴을 가린 천 위로 드러나는 마법사의 얼굴 윤곽이 사람의 것과는 조금 달랐다. 마치 그와 함께 열흘간 움직였던 여요괴의 그것과 비슷했다.

"맞네."

카이랄은 살기등등한 눈빛을 빛내며 즐거운 듯 말했다.

"엘프가 죽음을 다루는 네크로맨서라니. 그런 건, 전 차원을 뒤져도 한 스쿨밖에 없지. 드디어 혈맹의 추방자를 찾았군. 역시 관계가 있었어."

운정은 더 묻고 싶었지만, 가뜩이나 잡스러운 걸 이미 많이 물어본 터라 더 이상 뭘 물어보기엔 눈치가 보였다. 때문에 대신 전투에 관계된 것으로 한정 지어 물었다.

"방금 전의 세 명보다는 수련이 깊은 자들인가?"

카이랄이 고개를 저었다.

"그들도 같은 수준이었을 거다. 다만 패밀리어를 소환할 정도로 주변을 경계하지 않은 것뿐이지."

"계획은 그대로?"

"일단 빼대는. 하지만 네가 나서줘야 할거다. 단검을 날려 보낸다고 했을 때, 구울로 막을 수 있으니, 그걸 타파할 방법을 미리 생각해 둬야겠는데?"

카이랄의 독백에 운정이 방법 하나를 생각했다.

"입에서 불을 내뿜는 그건?"

"즉사가 아니면 의미 없어. 조금이라도 주문을 외울 시간을 주면 되레 내가 당해. 게다가 마법으로만 놓고 보면 난 저들을 당해 낼 수 없어. 내가 불을 일으키기도 전에 지팡이 한 번 휘적거리는 걸로 꺼 버릴 거다."

"그러면, 검기를 쓰면 되지."

"검기도 마찬가지. 순식간에 소멸돼."

운정은 턱을 긁으며 말했다.

"그 말을 듣긴 들었는데, 정말이야? 정말로 눈빛만으로 검기를 소멸시킬 수 있어?"

"위저드급이라면… 원리를 알고 연습하면 하루면 가능할 거다. 아니, 반나절만 꾸준히 연습하면 가능하지. 하지만 처음 보는 거라면 꽤나 당황해서 먹힐 수도 있겠다."

"그럼 한번 해 보지, 뭐."

"하지만 중원으로 넘어온 놈들인 것만큼 그 정도는 대비가 되어 있다고 봐야 된다. 검기 말고 다른 수는 없나?"

"그럼 나도 직접 근거리에서 검을 들고 싸우는 수밖에. 하지만 그들의 목숨을 취하는 건 네가 해야 해."

"복잡한데? 좀 더 생각을 해 보지."

"너무 신중한 거 아니야? 일단 검을 맞대면 수가 나오겠지."

카이랄은 답답한 듯 설명했다.

"마법사와는 그런 식으로 싸우면 필패야. 네가 여기서 얼마나 강하든 상관없어. 그러니 일단 내 말을 들어."

그렇게 말한 카이랄은 눈을 감고는 심호흡을 시작했다. 더 이상 대화하고 싶지 않다는 뜻이 확실했다.

얼마나 지났을 까? 카이랄이 눈을 뜨고 자리에서 일어났다.

"가자."

"물러나게?"

"일단은."

카이랄은 그 마법사 셋을 거기에 두고 미련 없이 걸음을 뒤쪽으로 옮기기 시작했다. 운정은 카이랄의 뒤를 쫓아가며 아까 내려온 그 비탈길을 다시 걸어 위로 올라갔다.

결국 처음 그 마법사들을 내려다본 바위에 도착한 카이랄은 한쪽 방향을 가리켰다.

"혹시 저쪽에서도 이질적인 마나가 느껴지나?"

"기류를 말하는 거지? 있긴 있어."

"이쪽에서 일어나고 있는 마나와 엉켜 있나? 그러니까, 도형들이 서로 얽혀 있나 이 말이야."

"아까처럼 대략 이 할 정도는 그런 것 같은데, 왜?"

카이랄은 자기 손을 매만지더니 말했다.

"탐색마법이 아닐 수도 있다는 생각이 들어서 그런다. 마지막으로 죽였던 그 마법사는 분명 마법을 급히 거두느라 입에서 피를 토했었다. 겨우 탐색마법을 거두다가 피를 토한다? 위저드급이? 이상하지. 그리고 저 아래 있는 자들도 마찬가지. 마법진이 이어져 있었다면, 우리가 마법사 셋을 죽였다는 걸 알고 있을 것이다. 최소 무슨 문제가 생겼다는 건 확실히 알았을 거야. 하지만 자리를 그대로 고수한 채 캐스팅을 이어 가고 있지. 패밀리어만 소환한 채로 경계만 하면서 말이다. 단순히 월지를 탐색하는 것이 목적이라면 우리를 먼저 죽이고 해도 늦지 않는다. 저 정도로 매달릴 마법이라면 탐색 마법처럼 간단한 마법은 아니라는 거지."

"……."

"이런 긴박한 상황에서도 장소를 고수하고 있다는 점. 그리고 서로의 마법이 엉켜 있었다는 점. 그걸 생각해 보면, 아마 산 전체를 두른 거대한 마법진일 가능성이 더 커. 어떤 강대한 마법을 위해서 다 같이 특정한 위치를 정하고 함께 주문을 읊는 거지. 셋이서 번갈아 가며 마법을 유지하고 있는 것만 봐도 그렇다. 여기가 무당산이지, 아마? 네가 말한 그 정기가 빼앗긴 곳."

"응."

"그것과도 관련이 있겠다. 이제 보니 아까 너를 만나기 전 내가 저들의 눈을 피해서 쉬이 움직일 수 있었던 건, 저들이 마법진에 정신이 팔려 있었기 때문이군."

"……."

"더 조사하려는데 괜찮겠나? 이젠 정말 생명을 장담하지 못한다."

"내가 이대로 물러서겠어? 무당산에서 이런 일이 벌어지는 건 사문과도 관련 있으니까."

"사문?"

"뭐 사실 내 호기심이 가장 큰 이유긴 하지만."

카이랄은 운정의 작은 고백에 관심이 없었다. 다만 그가 말한 부분에서 번뜩 생각나는 것이 있어 거기에 정신이 빼앗겼다.

"사문이라. 아, 그래. 무당산의 정기. 그렇다면, 흐음… 혹시 모르겠군."

그렇게 중얼거린 카이랄은 갑자기 한쪽으로 뛰었다. 숲의 축복을 나눠 줘야 한다는 것도 까먹은 채 그가 앞서 나가니, 운정은 하는 수 없이 제운종을 펼쳐 그를 따라갈 수밖에 없었다.

내력을 운용하여 경공을 펼치니, 쉬고 있던 몸의 기혈이 다시금 깨어나는 기분이 들었다. 차가운 바람을 맞으며 경공을 펼치는 운정은 속을 자세히 살피며 중얼거렸다.

"일갑자? 아니, 그보다 더 적어."

운정이 앞을 보니 카이랄과의 거리가 점차 멀어지고 있었다. 카이랄의 속도가 전보다 더 빠른 듯했다.

운정은 현재 제운종으로 낼 수 있는 가장 효율적인 속도로 움직이고 있었는데, 이보다 더 빠르게 움직일 경우 내력의 낭비가 기하급수적으로 늘어날 것이 자명했다.

그는 두 마리 토끼 중 한 마리 토끼를 선택해야 한다는 걸 느꼈다.

첫째는 내력을 아껴 태룡향검의 요구 조건을 들어주는 것. 두 번째는 내력을 아낌없이 사용하여 카이랄을 도와주는 것.

전자는 화산파를 통해, 후자는 요괴를 통해 무당산의 정기에 대해 알아볼 수 있다. 마음 같아선 양쪽에 모두 연을 대고 싶지만, 이젠 그럴 수 없다. 그러니 선택해야 한다.

아니다.

이미 선택했다.

처음 카이랄을 따라나선 것이 오로지 호기심을 위한 것일까?

운정은 머리를 흔들더니 진중한 목소리로 읊조렸다.

"이미 마음은 기울었었지."

그 이유는 아마 평생 동안 단 한 번도 가져 보지 못한 소중한 존재를 얻었기 때문일 것이다.

"이름을 아는 자라. 아마 친우(親友)쯤 되는 말이겠지. 흐음, 우선 그 걸음을 따라 해 볼까? 안되면 내력을 그냥 쓰지, 뭐."

운정은 제운종을 십이성 대성하여, 그 창시자보다 높은 수준에 있었다. 그렇기에 제운종이란 경공이 처음 창시될 때, 지형을 고려하지 않았다는 것을 알고 있었다.

제운종은, 아니, 거의 모든 경공과 보법은 평평한 흙길에서부터 만들어지고, 그 외의 지형을 걸을 때는 그 처음 걸음의 응용일 뿐이었다.

사실 모든 인간의 걸음이 그러하다. 처음에는 평평한 곳에서 걷고 거기서 얻은 걸음 방식을 다른 지형에 하나둘씩 적용하는 식이다.

하지만 만약 처음부터 숲속에서 걸음을 익힌 자가 있다면,

그의 걸음은 어떨 것인가? 과연 평지에서부터 걸었던 자와 같을까?

운정은 비탈길에서 보여 주었던 카이랄의 걸음을 생각했다. 그리고 그것을 따라 하며 하나하나 제운종에 섞기 시작했다.

제운종의 구결과 구결 사이에 있는 그 빈틈을 채워 넣거나, 애매한 부분은 아예 갈아 버리는 등 운정의 제운종은 무당파의 제운종과는 근본부터 다른 경공이 되어 가기 시작했다.

그러자 놀랍게도 그는 놀라운 속도로 움직이기 시작했다. 사용하는 내력은 전과 동일했지만, 속도는 도저히 비교할 수 없을 만큼 빨라진 것이다.

그렇게 그는 믿을 수 없는 속도로 숲을 빠져나왔다.

쉬이이이…….

숲에서 공터로 나오자, 속도가 급감했다. 단순히 줄어들었을 뿐 아니라, 본래 제운종보다 더욱 느려진 속도가 되었다.

숲이 아닌 평지에선 본래의 제운종이 더 빠른 것이다.

놀라운 경험을 한 운정은 다시 본래의 제운종을 펼쳐 카이랄이 있는 곳까지 다가갔다.

그는 한적한 곳에 서서 두 손을 앞으로 펼치려 하고 있었다.

"이번엔 뭐 하려는데?"

눈을 감은 카이랄은 손가락 하나를 보이며, 기다려 달라는 신호를 하곤 다시 손을 앞으로 뻗었다.

그러자 전에 본 푸른 불빛들이 그의 앞에 생성되기 시작했다. 그리고 그 불빛이 점차 밝아져 두 번째 그림자를 만들었다.

이후 운정이 전에 보았던 광경이 펼쳐졌다. 그 그림자 속에서 검은 피부를 가진 여요괴가 서서히 모습을 드러낸 것이다.

그녀는 카이랄이 하얀 것이라 칭했던 그 여요괴와 달리 카이랄과 비슷한 색을 띠고 있었다. 전에 그림자에서 보았던 그 여요괴인 듯싶었다.

운정은 팔짱을 낀 채 그 광경을 흥미롭게 지켜보았다. 여요괴는 그런 운정을 슬쩍 보더니, 곧 검은 치아를 살짝 드러내며 미소 지었다.

"Ih, ym dnabsuh?"

운정도 같이 웃으며 하얀 여요괴에게 배웠던 말 한마디를 건넸다.

"Doog ot ees uoy."

운정의 입에서 이계어가 튀어나오자 그 여요괴의 얼굴이 일순간 굳었다.

운정은 여전히 미소를 유지한 채 그녀를 보았고, 그녀는 그에게 시선을 고정한 채 조금 떨리는 목소리로 카이랄에게 말했다.

"Uoy t'ndid llet……."

카이랄이 여요괴의 말을 잘랐다.

"Ti saw eht ytihw."

"……."

"Tub I dluow sa llew. Eh swonk ym eman."

"Tahw!"

급격히 커진 그녀는 살기등등한 눈빛으로 운정을 쏘아보았다. 운정은 아무것도 모르겠다는 듯 시선을 회피하며 양 손바닥을 펼쳐 보였다.

카이랄은 눈을 감은 그 상태 그대로 그녀에게 말했다.

"I deen ot ksa……."

그 여요괴는 얼른 카이랄에게 다가오며 말했다.

"Ylteiuq!"

그렇게 말한 여요괴는 두 손가락을 입가로 가져가더니 더 말하기 시작했다. 그러나 그녀의 입에선 아무런 소리가 나오지 않았다.

운정은 그녀가 마법을 써서 말소리를 줄인 것이라 생각하고는 아예 몸을 돌려 주변을 경계했다. 이야기를 엿듣는 모양새로 취급받고 싶지 않았기 때문이다.

하지만 소리가 들리지 않으니 대화가 끝났는지 알 수 없어, 운정은 몇 번이고 고개를 돌려 그들을 확인해야 했다.

하지만 그때마다 운정이 자기의 이야기를 엿들으려고 한다고 생각한 여요괴가 따가운 눈초리를 그에게 보냈고, 운정은 머쓱하게 자기 머리를 쓰다듬으며 다시 고개를 돌려야 했다.

다행히 대화가 오가는 동안, 적이 찾아오지 않았다.

"운정."

카이랄의 목소리를 듣자, 운정이 고개를 돌렸다. 이제 막 그림자 속으로 사라지는 여요괴는 그 몸이 완전히 사라질 때까지 여전히 살기등등한 두 눈으로 그를 노려보았다.

그녀가 완전히 사라지는 것을 확인한 운정이 물었다.

"그래서 갑자기 무슨 일이야?"

마법을 거둔 카이랄은 벅찬 숨을 내셨다.

"말도 없이 움직인 것은 미안했다. 후우… 나 때문에 내력을 낭비하게 되었군. 후… 다시 말하지만 축복은 자각하기 어렵고, 후욱. 또 네가 인간이란 사실을 잊다 보… 하아. 하여간 다른 생각을 하다 보……."

"괜찮아. 그러니까 숨부터 가다듬고 설명해 봐."

카이랄은 고개를 끄덕이더니 그 자리에 주저앉아 계속해서 숨을 들이마셨다. 그는 그렇게 공터의 공기를 모조리 마실 기세로 숨을 몰아쉬고서야 호흡을 되찾았다.

한 손으로 가슴을 쓸어내리며 다른 팔뚝을 기둥 삼아 몸을 기울인 그가 말했다.

"일족에 요청했다. 무당산의 정기가 사라진 이유를 내가 알아야겠다고, 후우."

카이랄은 아직도 다 진정하지 못했다.

운정은 그의 옆에 앉으며 물었다.

"왜? 그건 네가 알아선 안 된다고 했잖아?"

"지금 이곳에서 펼쳐지고 있는 마법진은 엄청난 규모다. 무당산 정기가 사라진 이유와 내가 지금 입수하려고 하는 월지. 그 둘의 인과관계가 성립될 수 있어. 만약 성립된다면 월지를 입수하려는 내 임무를 위해서 무당산의 정기가 사라진 이유를 알 수 있게 된다."

"그런 거면 진작 좀 하지."

"그 전엔 혈맹의 추방자가 연관되어 있는지 몰랐지. 혈맹의 추방자의 스쿨이 무당파 정기가 사라진 것과 관련이 있다면, 장로들도 내 요구를 기각할 순 없을 것이다. 무당산의 정기. 월지. 그리고 일족의 추방자. 이 모든 것이 엮여 있다면, 예외가 적용될 만큼 큰일이야."

"장로들의 마음을 돌릴 정도로 혈맹의 추방자가 대단한 요괴인가?"

"역대 최악의 엘프(Elf)지."

"애루후?"

"우리 일족의 본래 명칭이다. 중원인들은 그냥 요괴라고 하지만 말이야."

"……."

"하여간 여기서 기다려 보자, 생각보다 일찍 응답할 거다. 혈맹의 추방자에 관련된 사항이면 특급이니까."

그렇게 말한 카이랄은 운정을 향해 손을 하나 뻗었다.

운정이 그 손을 꺼림칙하게 내려다보며 말했다.

"어차피 적은 없어. 그 마법진이니 뭐니 하는 거에 다들 정신이 팔린 것 같은데?"

카이랄이 말했다.

"조심해서 나쁠 건 없어."

"……."

"잡아."

운정은 그 손을 마주 잡았다.

카이랄의 손에선 식은땀이 한가득하여 매우 축축하고 동시에 매우 차가웠다.

운정이 카이랄의 옆에 앉으며 말했다.

“그러니까, 나한테 준 그 두루마리. 그거 읽어 보려는 거지?”

카이랄은 낯선 중원의 밤하늘에 뜬 별들을 바라보며 대답했다.

“난 일족의 가디언(Guardian)이다. 내겐 일족이 먼저지. 하지만 그렇다고 해서 내 이름을 아는 자에게 소홀히 할 생각은 추호도 없다. 나에게 있어 네 생명은 나의 것만큼이나 중요해. 그 안에서는 최대한 도와주려고 한다.”

다시 말하면 자기 생명보다 중요한 일족이, 자기 생명만큼 중요한 운정보다는 더 중요한 것이다. 그래서 일족이 먼저이고.

운정이 고개를 끄덕였다.

“응. 무슨 말인지 알겠어. 서운해하지 않으니 걱정 마.”

“…….”

“다만 어차피 기다려야 하니 이것저것 물어봐도 되겠지? 네가 나중에 알려 준다 했잖아.”

카이랄은 한쪽 입꼬리를 올렸다.

“질리지도 않는군.”

“새로운 것을 배우는 건 도사의 본분이야.”

카이랄이 졌다는 듯 말했다.

“그래, 물어봐.”

운정은 카이랄을 내려다보며 말했다.

"처음에 무당파의 가르침과 비슷하다는 거, 잊어버렸는데 뭐였지?"

"코스모스. 한어(韓語)로는 질서나 조화라고 하면 괜찮겠네. 코스모스를 배우는 스쿨은 질서와 조화를 공부한다."

"스쿨은 뭐야?"

"학자들의 모임 같은 것."

"아, 학파(學派)?"

"처음 듣는 단어지만 왠지 맞는 것 같군. 같은 생각을 가진 마법사들의 집단이라 보면 된다."

"흐음… 무당파의 많은 것이 소실돼서, 재건을 위해선 그 학파의 도움도 받아야 할 것 같은데."

"그럼 순수성이 사라지지 않겠어?"

카이랄의 질문은 날카로웠다.

운정은 보향낙선과의 대화를 생각하며 말했다.

"순수성은 이미 사라졌지. 무당산의 정기를 되찾으면 모를까, 되찾지 못한다면 그때를 위해서 여러 가지 가능성을 생각해야 해. 기억해 놔야겠군, 코스모스라."

"……."

첫 번째 의문을 해결한 운정은 또 물었다.

"아마 두 번째는 무공과 마법의 간격과 전투 양상에 관한 것이었지. 절대적인 것과 상대적인 것 말이야. 그건 왜 그런 거야?"

카이랄은 그 대화를 잊었는지, 전혀 모르겠다는 표정을 지었다.

"내가 뭐라 말했었지?"

운정이 대답했다.

"무공은 상대적이고 마법은 절대적이다. 그래서 무림인들의 전투 양상은 절대적이고 마법사 간의 전투 양상은 상대적이라고 했었지."

그 말을 들은 카이랄은 손가락을 튕겼다.

"아! 그래. 그랬었지. 그 왜, 네가 했던 말 기억나나?"

"뭐?"

"길고 짧은 건 대봐야 한다는 그 말."

"응."

"그 말 속에 함축되어 있지. 무공은 상대적이다. 다시 말하면, 양쪽의 세기를 비교하여 강한 쪽이 이기고 약한 쪽이 부러지는 것이지. 그렇지만 그렇기 때문에 자기보다 강한 자를 이기기 어려워. 말 그대로 칼을 맞대고 싸워서 이겨야 하니까."

"꼭 그렇지도 않아. 무공은 심오해서, 약자가 강자를 이기는 경우도 많아."

"마법은 애초에 누가 약자이고 강자인지가 무슨 기준을 따르느냐에 따라 달라져. 마법은 절대적. 아무리 내가 약하다고 해도, 죽음 주문을 먼저 외운다면 나보다 아무리 강한 자라도 죽음을 면할 수 없다. 마법이란 건 상대와 어떠한 힘의 세기를 비교해서 성공하고 실패하는 게 아니기 때문이다."

"그럼 방어할 수 없다는 거야?"

"당연히 있다. 미리 몸에 캐스팅해 놓는 거다. 하지만 그 방어마법도 마찬가지다. 효과는 절대적이지. 표정을 보니 무슨 뜻인지 전혀 모르는군."

"솔직히 모르겠어."

카이랄은 한숨을 쉬더니 다시 설명했다.

"죽음 주문과 방어 주문. 이 둘 중 누가 더 세고 약한지를 가늠하여, 한쪽이 승리해서 둘 중 하나의 결과로 귀결되는 것이 아니라는 거야. 같은 수준이라면 방어마법이 이기고 그걸 넘으려면 애초에 그보다 상위주문을 읊어야 해. 그러니까, 무림인들의 검기처럼 더욱 강한 쪽이 이기는 것이 아니라, 1급 검기. 2급 검기. 3급 검기. 이렇게 단계가 정해져 있어서 애초에 더 강한 걸 쏴야 한다고."

"……."

운정이 꿀먹은 벙어리처럼 카이랄을 보았다. 카이랄의 긴 귀가 몇 번이나 움찔거리더니, 그가 곧 말했다.

"이렇게 말하면 되겠군. 검기와 검강의 차이는 극명하지?"

"그렇지."

"마법이 그런 셈이다. 각각의 주문마다 강한 정도가 절대적으로 정해져 있다. 그래서 마법사의 전투 양상은 모순적이게도 지극히 상대적이다. 머리로 수 싸움과 계산을 치밀하게 하거든. 마치 바둑처럼 말이다."

"……."

"무슨 뜻인지 이해했어?"

운정은 알 것 같기도 하고 모를 것 같기도 한 그 기분이 싫어 몸을 떨었다.

"말로만 들어선 모르겠군. 한번 제대로 견식해야 알 것 같아."

"그렇긴 하지. 백문불여일견(百聞不如一見)이라 하지 아마?"

운정은 넘어가기로 했다.

"그럼 세 번째."

"세 번째? 도대체 몇 번째까지 있는 거지?"

"……."

"운정?"

카이랄이 운정을 올려다보았다. 운정은 벌떡 서서 말없이 고개를 들고 사방을 경계하듯 보고 있었는데, 그의 표정이 심상치 않았다.

카이랄이 다시 말했다.

"왜 그러지?"

운정은 눈을 가늘게 뜨며 말했다.

"전 방향에서 기척이 느껴졌어. 포위라도 된 거 같은데?"

"뭐?"

카이랄도 그 자리에서 벌떡 일어났다.

그 순간 한쪽 방향에서 그의 두 눈에 잡히는 것이 있었다.

점차 커지는 하나의 점.

그 점은 곧 그들로부터 대략 10장 정도 떨어진 곳에 안착했다.

운정은 그의 이름을 기억할 수 있었다.

"변후였나?"

화산파의 매화검수 변후. 전에 운정과 매화검수들이 처음 만났을 때, 정채린이 그를 먼저 앞서 보냈었다.

그의 열 손가락에는 각양각색의 열 가지 반지가 아름다운 빛을 내고 있었다.

카이랄은 허리춤으로 가져가 즉시 그의 륜검 두 개를 꺼냈고, 변후 또한 검집에서 매화검을 꺼냈다.

변후가 말했다.

"Yllanif. Gnirednow erehw uoy era."

갑자기 튀어나온 이계어.

카이랄과 운정의 두 눈이 동시에 보름달처럼 커졌다.

그러나 운정의 미간이 곧 좁아졌다.

"눈이 그때 죽은 마법사와 같네."

변후의 눈동자는 연보랏빛을 띄고 있었는데, 한쪽 눈당 두 개씩 쌍으로 총 네 개의 눈동자가 있었다. 그 괴상한 모습에 카이랄이 떨리는 목소리로 말했다.

"Tahw era uoy……."

변후가 간드러지는 목소리로 음흉하게 대답했다.

"Llew, tahw od uoy knint?"

운정은 카이랄을 돌아보며 말했다.

"이거 겉모습만 변 소협이지 안은 다른 사람 같은데, 그냥 제압할까?"

카이랄이 체념한 듯 말했다.

"이 정도 기세면 아무리 생각해도 그랜드위저드(Grand wizard)급이야."

"그랜드위저드?"

"무공으로 말하면 초절정이다. 게다가 월지를 착용하고 있어. 상대가 안 돼. 그나마 이 소식을 죽기 전 일족에게 알린 것이 천만다행이군."

"……."

"너와의 만남은 꽤 즐거웠다. 평생을 따져도 다섯 손가락 안에 들어. Rof Luna……."

카이랄은 양손을 어깨높이로 들곤 그대로 자기 목을 쳤다. 그의 손에 들린 두 륜검이 그의 목에 막 파고들 때쯤, 운정은 양손을 하늘 위로 올렸다.

캉!

카이랄의 양손에서 튕겨 나간 두 륜검이 공중에서 부딪치곤 땅에 떨어졌다. 겸허히 죽음을 받아들이려던 카이랄은 놀란 눈동자로 운정을 보았다.

운정은 태극검을 오른손으로 서서히 뽑더니 씨익 웃었다.

"초절정쯤이야, 일 갑자면 충분히 제압하지. 자결은 내가 실패하면 그때 가서 해도 늦지 않아."

"……."

"조금만 기다려."

운정은 몸을 한 바퀴 돌렸다.

따뜻한 바람이 그의 몸이 살짝 공중에 들었다.

그리고 그 몸이 땅에 다시 내려왔다.

파앙—!

일순간 공기가 터지는 소리가 나더니, 둥근 바람이 그의 발바닥에서 생성되었다. 그러곤 한쪽으로 말려들어가며 앞으로 쏜살같이 쏘아졌는데, 그 방향에는 변후가 있었다.

변후는 아랑곳하지 않고, 눈을 살짝 감았다.

검기가 날아오는 중 눈을 감다니? 운정은 허무하게 그가 죽어 버리지 않을까 걱정이 되었다.

충분히 막을 줄 알고 쏜 것인데, 만약 그 검기로 그를 죽여 버리면 그 업보를 감당할 수 없었기 때문이다.

다행히도 변후가 눈을 뜨자, 운정의 검기가 완전히 소멸해 버렸다.

운정이 안도의 한숨을 쉬며 말했다.

"이야, 진짜 눈빛으로 검기를 없애 버리네?"

변후의 네 연보랏빛 눈동자가 소름끼치게 빛났다. 그는 뭔가 이상하다는 듯 눈을 거슴츠레 뜨더니, 말했다.

"Uoy… woh nac uoy llits eb evila?"

"뭐라는지 모르겠네. 카이랄, 통역해 주면 안 돼?"

"Ha. I ees."

그렇게 말한 변후는 매화검을 하늘 위로 쭉 뻗었다. 카이랄은 그 모습을 보곤 다급히 소리쳤다.

"주변 마나를 바꾼다. 분명 저주를 발동시키려고 말이야."

"아, 순식간에 내가 죽는다 했지?"

"저 캐스팅을 막아!"

운정의 여유로운 목소리와 대조적으로 카이랄의 목소리는 다급함이 가득했다.

운정은 태극검을 공중에 몇 번이나 휘둘러 두세 개의 검기를 변후에게 쏘아 보냈다.

하지만 그것은 변후의 캐스팅을 막지 못했다.

변후는 슬쩍 시선을 옮기는 것만으로 검기를 우습게 소멸시키고 하던 캐스팅을 이어 나갔다.

하는 수 없이 운정이 보법을 펼치려고 자세를 잡는데, 그것을 본 변후가 씨익 웃으며 그의 검을 운정에게 뻗었다.

변후의 매화검에 모인 기운은 마기(魔氣)! 자연에서 생성되는 정기와는 완전히 상반되는 기운이었다.

"Oot etal."

"……."

"……."

"Mh."

"……."

"……."

"Tahw?"

변후의 물음 뒤에 세 사람 사이에 감도는 침묵.

운정은 어깨를 들썩하더니, 카이랄에게 말했다.

"실패했나 본데?"

"……"

카이랄도 영문을 모르고 운정과 변후를 번갈아 보았다. 그는 몇 번이고 입술을 달싹였지만, 나오는 말은 없었다.

운정은 얼굴을 잔뜩 찌푸리고 있는 변후에게 장난스럽게 말했다.

"아쉽겠지만, 안 통해서 어떡하지?"

"……"

"검기는 확인했고, 검강은 어때?"

운정은 태극검을 휘적거렸다. 그러자 그의 검신에서 무당파의 최고 살상기인 유풍검강이 생성되어, 변후에게 쏘아졌다.

변후는 눈을 날카롭게 뜨더니 매화검을 앞으로 뻗었다. 그러자 유풍검강 또한 허무하게 그 자취를 감추었다.

운정은 고개를 몇 차례나 끄덕이며 말했다.

"검강은 눈빛만으론 안 되나 봐? 그럼 검강으로 지팡이를 봉쇄해 마법을 못 쓰게 만들면 되겠군. 쉽네."

운정의 검과 신체가 흔들렸다. 그와 동시에 시야를 완전히 흐려 버릴 정도의 반투명한 유풍검강이 다발로 변후에게 쏟아졌다.

변후는 매화검을 앞으로 뻗고는 살짝살짝 각도만 흔들었다. 그러자 그의 맞춰서 쏟아지는 검강 다발이 하나둘씩 소멸하여 결국 아무것도 남지 않게 되었다.

피슉—!

변후는 자신의 오른손을 뚫고 나온 검날에 의해 매화검을 놓쳐 버렸다.

그가 놀란 목소리로 말했다.

"Rooming?"

어느새 변후 앞에 다가온 운정이 검을 뽑으면서 그대로 변후의 몸에 파고들었다. 그리고 그의 가슴팍에 살포시 왼손을 올려놓고, 그대로 장력을 몸에 쏟아 넣었다.

"커헉!"

변후는 몸에 있는 모든 구멍에서 핏물을 쏟았다. 곧 부르르 떨며 땅에 쓰러졌는데, 끝까지 그를 주시하던 운정은 그가 완전히 엎어지자, 기가 막힌다는 듯 말했다.

"뭐야? 이게 초절정? 어딜 봐서?"

카이랄이 그 놀라운 광경을 목도하며 말했다.

"너, 어, 어떻게 살아 있지?"

"뭐가?"

"너… 말이 안 돼. 그 보복 저주에서 살아남다니……."

"뭐야? 왜 내가 살아 있는 게 말이 안 되는데? 아니, 그보다 겨우 이 정도밖에 안 되는 놈 때문에 자결을 하려 했단 말이야? 진심이야?"

카이랄은 믿을 수 없는 광경을 목도한 것처럼 몇 차례나 거친 숨을 내쉬더니 말했다.

"마나를 재배열했는데도, 보복 저주가 통하지 않는다니. 무슨 이유인지 도저히 알 수가 없군."

"……."

카이랄은 잠시 고개를 숙이고 자기 귀를 몇 번이고 잡아 뜯는 시늉을 하더니, 곧 고개를 들고 눈을 번뜩였다.

"이해는 나중에 하자. 일단 고비는 넘겼다. 하지만 우릴 포위하고 있는 적이 있다. 아직 느껴지나?"

"육안으로도 보여. 넓은 범위에서 열 개 정도 되는 방향을 둘씩 짝지어 맡고 있는 것 같은데?"

몇 번이고 주변을 확인한 카이랄은 곧 고개를 흔들며 말했다.

"난 아무리 봐도 모르겠다. 괴물 같은 네게나 보이겠지."

"……."

"일단은 포위를 빠져나가야 한다. 하지만 널 보아하니……."

운정은 고개를 끄덕였다.

"맞아. 내력은 다 썼어. 이제 검기 한 발 정도? 그것도 어려울 거 같은데?"

"역시. 넌 운기조식으로 내력을 회복할 수 없다고 했나?"

"응."

"심각하군. 일단 나도 너무 지쳤다. 기대할 만한 건 축복뿐인데, 그것도 네게 나눠 줄 형편이 못 된다."

"기척을 죽이는 거라면 나도 할 수 있어. 내력 없이도 가능할 거야."

"무림인의 기술로는 소용없다. 무공으론 기척을 무한히 줄이는 거지, 완전히 없애는 게 아니잖아? 존재를 탐색하는 마법에 있어서는 쓰나 안 쓰나 매한가지다. 탐색마법은 애초에 찾지 못하는 걸 찾으려고 만든 마법이니까."

"……."

"해답이 안 나오는군. 이대로 싸운다면 나는 거의 쓸모가 없을 거다. 게다가 내력이 없다면 무공으로도 구울의 피부를 뚫기 어려울걸?"

"피부? 아, 강시 같은 거구나?"

"강시?"

"무림에도 비슷한 게 있거든. 뭐, 하여간 그놈들이 강시라면 확실히 문제지. 사부님께 듣기로는 도검불침(刀劍不侵)이라 했으니."

"……."

"일단 부딪쳐 보는 게 어때?"

카이랄은 헛웃음을 참지 못했다.

"참 나, 또 그 소리."

운정이 말했다.

"저주니 뭐니 하는 것도 예상대로 되지 않았잖아? 어쨌든 나는 죽지 않았고, 저놈이 죽었지."

"……."

카이랄은 할 말이 없었다.

분명 마나의 재배열로 발현되어야 할 저주가 전혀 영향을 끼치지 못했다. 하지만 운정에게서는 여전히 저주의 냄새가 진하게 났다.

저주에 있어 둘째가라면 서러운 카이랄의 종족 특성상 카이랄이 착각하고 있다곤 생각할 수 없다.

하지만 그는 저주에 대한 방대한 지식으로도, 풍부한 경험으로도, 도대체 어떤 일이 벌어진 것인지 짐작할 수조차 없었다.

말없이 고민에 빠진 카이랄을 보던 운정이 땅에 엎어져 있는 변후를 가리키며 말했다.

"아, 그러고 보니 저 월지, 내가 착용하지 않아도 되겠네? 저주가 내게 영향을 미치지 못한다는 걸 알았으니."

월지?

카이랄의 눈이 순간 빛났다.

"잠깐만."

"왜?"

운정이 보니, 카이랄의 두 눈은 죽은 변후에게 가 있었다.

정확히 말하면 그가 착용하고 있던 열 손가락에 가 있었다.

카이랄이 말했다.

"죽이진 않았겠지? 넌 살인을 할 수 없다 했으니."

"응. 하지만 손가락 하나 까딱할 수는 없을 거야."

"좋아. 그러면 저 월지를 내가 착용하지."

"네가?"

카이랄이 허리 뒤로 그의 륜검을 회수하며 말했다.

"월지의 힘으로 이 포위를 뚫으면 될 것이다."

운정은 턱을 괴더니 말했다.

"글쎄, 좋은 생각은 아닌 것 같은데?"

"왜?"

"나에게 저주를 건 그 마법사 말이야. 그 마법사도 눈동자가 네 개였어. 그런데 이렇게 버젓이 살아 있잖아."

"그게 무슨 소리냐? 죽었다고 하지 않았나?"

"그러니까."

운정은 서서히 변후에게 다가갔다. 그러곤 그의 머리를 살짝 들어 올렸는데, 변후는 피눈물을 흘리는 네 눈동자로 운정을 쏘아보았다.

그는 무언가 말하려고 악을 쓰기 시작했는데, 소리는 나오지 않고 얼굴 곳곳에 튀어나온 핏줄이 더욱 굵어질 뿐이었다.

카이랄이 말했다.

"아직 정신을 잃지 않았군."

운정은 변후의 상태를 이리저리 살피며 말했다.

"육신만 놓고 보면 정신을 잃지 않을 수가 없어. 그런데도 이렇게 날 노려보고 있잖아. 몸에 가득한 사기(死氣)로 미루어 짐작할 때, 이건 이미 죽은 육신이야."

"하긴, 변신마법이라면 벌써 풀렸을 거다."

"이 몸의 원주인인 변 소협은 일행과 먼저 떨어져 홀로 움직였었지. 그 이후에 살해당하고 마법으로 이용당하는 것 같은데? 죽음을 다루는 마법사라고 했잖아."

카이랄이 잠깐 고민 끝에 말했다.

"몸을 옮겨 다니는 마법이 존재한다는 이야기를 들은 적은 있다."

그 말에 고개를 끄덕인 운정은 확신에 찬 목소리로 물었다.

"그런데 네가 월지를 착용하면 어떻게 될까?"

"……."

"네게 옮겨 갈지도 몰라."

"눈동자 하나로 그 마법사 본인이라 단정 지을 순 없다."

"조심해서 나쁠 건 없지. 어쨌든 네 개의 연보랏빛 눈동자를 가진 마법사가 흔하진 않을 것 아니야? 게다가 버젓이 중원인의 몸을 입고 말이야."

카이랄은 고개를 한차례 끄덕이더니 주변을 바라보았다. 하지만 그의 눈에는 적의 모습이 보이지 않았다.

"포위망은?"

운정도 그처럼 둘러보더니 말했다.

"다들 제자리를 고수한 채 이곳으로 다가오진 않아. 걱정하지 않아도 돼."

"역시. 그럼 한 가지 가설을 세울 수 있겠다."

"어떤?"

카이랄의 두 귀는 끊임없이 흔들거렸다.

"포위망을 구성한 자들이 자리를 고수하고 있다는 건 우리를 이곳에 가두려는 것이라 봐야지."

"그렇지."

"그리고 이들의 수장이라 할 수 있는 이자가 홀로 우리를 상대하러 왔다. 이상하지 않나?"

"뭐가?"

"우리를 죽이거나 사로잡으려면 다른 마법사들의 도움을 받는 것이 현명하다. 자기가 이렇게 전면에서 나서서 혼자 우릴 상대할 필요가 없다고."

당연한 소리.

운정은 지금까지 자기가 그 이상함을 전혀 알아차리지도 못했다는 사실에 웃음이 났다. 오성이 뛰어나다 하여 경험의 차이를 완벽히 메꿀 수는 없는 것일까?

운정이 민망해하며 말했다.

"아, 확실히 그러네."

"그렇다면 이자는 다른 목적이 있고, 네 추측과 결합해서 생각한다면 결국 몸을 뺏으려고 하는 것이다. 정확히 말하면 네 몸을."

운정이 물었다.

"왜 하필 내 몸일까?"

"네게 걸린 저주는 보복 저주. 네게 걸려 있는 한, 다른 자들에겐 걸지 못할 거야. 어차피 상대방을 죽음에 이르게 하는 저주니까, 그 저주가 처음 새겨졌을 때도 상대가 죽지 않는 경우를 생각하지 않았을 거란 말이지."

"그래서 나를 죽이려고 한 거라고?"

"마나를 재배열했는데도 실패했지. 그래서 다시 네게 죽으려 한 거야. 보복 저주를 초기화시켜야 하니까. 재배열이 되기 전에 발동했기에 저주가 실패했으니, 재배열이 된 상태에서 다시 저주가 발동되면 성공하리라 생각했겠지. 그게 내 추측이다."

"……."

"……."

운정과 카이랄은 동시에 변후를 내려다보았다.

변후의 네 눈동자는 빙글빙글 돌고 있었다. 다소 혐오스러웠지만, 왠지 모르게 불안한 기색이 느껴졌다.

운정과 카이랄은 서로를 보더니 피식 웃었다.

"거짓말을 못 하는 성격인가? 대마법사가 되고 몸을 바꿔도 성격은 절대 못 바꾸나 보군. 우리의 추측이 맞는 것이 분명해."

카이랄의 조롱에 변후의 얼굴 속 핏줄은 더욱 굵어졌다. 그 안에서 꿈틀거리면서 마치 기생충이 피부 아래서 움직이는 것 같았다.

운정이 말했다.

"그럼 이자는 자기를 죽이는 사람을 보복 저주로 같이 죽이고, 그 몸을 빼앗는 걸 반복했겠네."

카이랄이 고개를 끄덕였다.

"그렇게 점차 강력한 육체로 옮겨 갔겠지."

"이계인이 강해지는 방법은 정말 상상을 초월하네."

"무림엔 흑과 백이 있지. 마법사도 마찬가지야."

운정은 변후를 지그시 바라보며 물었다.

"이제 어떻게 하지?"

카이랄이 대답했다.

"아무리 생각해도 월지의 힘이 없으면 포위를 뚫고 나가기 어려운 것 같다. 네겐 좋은 생각이 있나?"

"그냥 맞부딪쳐 보자는 정도?"

"그럴 줄 알았다."

"정말 월지를 착용할 생각이야?"

카이랄은 다시 륜검을 꺼냈고, 두 번 휘둘러 변후의 열 손가락을 잘라 버렸다.

잘려진 손가락에선 핏물이 뿜어졌는데, 그 색이 붉은색보단 검은색에 가까웠다.

그는 잘린 열 손가락에서 열 반지 모두 꺼냈다. 그러곤 그것을 내려다보며 말했다.

"혼을 옮기는 것 자체는 월지의 힘이 아니라고 할 수 있어. 월지의 힘은 착용자를 죽인 상대를 동반으로 죽이는 정도. 혼을 옮기는 것 자체는 저 마법사 본연의 힘인 것이지."

"우리의 추측이 다 맞다 해도 그 부분은 확언할 순 없잖아?"

카이랄은 열 반지 중 하나를 들어 올렸다. 그것은 기이한 보랏빛이 나는 것으로, 바라보고 있는 것만으로도 광기에 젖어들 듯한 묘한 기운을 내뿜고 있었다.

"열 반지 중 저주의 냄새가 나는 건 이것뿐이다."

"흐음."

"아마 이 반지가 그 최상급 보복 저주를 가진 반지일 거야. 그렇다면 이 외의 것을 착용하면 되겠지."

"……."

"물론 더 좋은 방법이 있다면 말해 봐."

운정은 주변을 한차례 더 보더니 말했다.

"그냥 부딪쳐 보자."

"……."

말없이 고요히 운정을 바라보는 카이랄의 두 눈빛은 차분했다. 운정은 그의 시선을 피하지 않고 그대로 마주하며 나지막하게 말했다.

"네 말이 더 옳다는 건 알아. 이계인들과의 싸움이니 네가 더 잘 알겠지."

"그런데?"

"네 마음속에 욕심이 없다 자부할 수 있어?"

"무슨 욕심?"

"힘에 대한 욕심. 그 월지를 네가 가지고자 하는 욕심."

카이랄은 고개를 끄덕였다.

"물론 있다."

운정은 굳은 표정을 풀었다.

"의외로 순순히 인정하네."

"우리 일족은 욕구를 경멸하지 않아."

"……."

"너는 내가 욕심 때문에 일을 그르칠까 두렵나 보군."

운정이 부드럽게 말했다.

"내가 두려워서 그런 말을 한다고 하면 섭섭하지. 나는 널 생각해서 하는 말이야. 네가 그 마법사가 되어 버리면 내 유일한 친우를 잃어버리게 되는 셈이니까."

그 말을 들은 카이랄은 잠시 당황하더니 곧 눈살을 찌푸리며 반지를 땅에 떨어뜨려 버렸다. 땅에 아무렇게나 버린 반지들을 마치 토사물처럼 바라보며 카이랄이 말했다.

"미안하다."

"응, 뭐가?"

"네 마음을 의심했어."

"……."

"월지의 영향이 아니라곤 할 수 없군."

운정은 카이랄의 어두운 얼굴을 찬찬히 바라보며 말했다.

"자아 성찰이 빠르네. 못 쫓아가겠어. 나이가 정말 많긴 많나 봐?"

카이랄은 몇 번이고 눈을 질끈 감더니 깊은 숨을 마셨다가 내쉬었다.

"네가 사용하는 것이 좋겠다. 원래부터 네가 착용하려 했고."

"갑자기 무슨 말이야?"

"월지의 도움이 없이는 저들을 상대하기 힘들어. 하지만 나는 반지를 향한 욕심을 다스리기 어렵다. 이제 생각해 보니, 저 반지를 꼭 착용해야겠다는 내 마음이 정말 이 상황을 타파하기 위해서 그런 건지 아니면 단순한 욕심인지 모르겠다. 그렇기에 네가 사용하는 것이 좋겠다는 거다."

"……."

"인간은 정말 다양하군. 설마 정신의 그릇으로 내가 뒤처질 줄은 몰랐어."

카이랄의 의미 모를 독백에 운정은 답답하다는 듯 말했다.

"아니, 그보다. 그걸 착용한다고 내가 쓸 수 있는 게 아니잖아?"

카이랄의 얼굴이 일순간 굳었다.

"응?"

운정이 설명했다.

"아니, 명검을 쥐어 줬다고 갑자기 범인이 검객이 되나? 아니지. 내가 착용한다고 갑자기 저걸 잘 쓰는 마법사가 되는 게 아니잖아?"

"……."

"안 그래?"

카이랄은 손을 들어 자기 입을 살짝 가렸다.

상당한 충격을 받았는지, 그는 한동안 그러고 있다가 곧 중얼거리듯 말했다.

"정말 멍청이가 된 기분이야."

"……."

"포커스의 고갈이 심각하긴 한가 보군."

운정은 걱정스러운 표정을 짓더니 천천히 카이랄에게 다가왔다. 그리고 카이랄의 어깨에 손을 올렸다.

"괜찮…지 않군."

손끝으로 느껴지는 카이랄의 상태는 당장 쓰러져도 놀랍지 않은 수준이었다. 피부는 마치 죽은 사람을 만지는 것처럼 차가웠고, 또한 불규칙적으로 미세하게 떨리고 있었다. 이런 상태를 지금까지 운정이 눈치채지 못할 정도로 참고 있었다는 것이 놀라울 따름이었다.

생각해 보면 그는 연속적으로 수많은 마법들을 사용했다. 그뿐만 아니라 축복을 지속적으로 나누어 주기도 했다. 운정은 이계의 마법을 처음 접해 보기에 그것이 얼마나 힘든 것인지 알지 못했고 때문에 카이랄이 이토록 만신창이가 된지는 꿈에도 몰랐다. 게다가 그가 한 말들. 그냥 듣기는 말이 되는 듯하지만, 하나하나 따지면 논리적으로 성립하지 않는다.

카이랄이 운정을 올려다보며 물었다.

"많이 안 좋나?"

운정이 되물었다.

"자기 몸 상태를 자기가 몰라?"

"포커스의 고갈로 인한 정신력의 저하는 그 특성상 자각하기 어려워. 정신병자가 자신의 정신병을 자각하지 못하는 것과 비슷하지. 널 의심해서 그런 건 아니니까, 서운해 마라."

말투는 낮고 차가웠지만, 그 와중에 운정의 기분을 생각하는 카이랄의 따뜻한 마음이 담겨 있었다.

운정이 물었다.

"혹시 정신을 잃어버리면 그 존재감이 사라지는 축복도 함께 사라지는 거야?"

"걱정 마, 정신을 잃어버릴 일 없으니까."

"일단 알아두고 싶어. 모든 상황에 대비해야지."

카이랄은 잠시 말이 없다가 곧 대답했다.

"사라지지 않는다. 그러니까 축복인 거야."

"그렇군. 그럼 조금 쉬어."

피월려는 빠르게 손을 가져가 카이랄의 뒷목을 쳤다. 카이랄은 뒤로 넘어가는 자신의 두 눈을 붙잡기 위해서 안간힘을 썼지만, 결국 이기지 못하고 그대로 꼬꾸라졌다.

第七章

운정은 쓰러지는 그의 몸을 받아 들고는, 보법을 펼쳐 한 나무 위로 올라갔다. 그러곤 굵은 나뭇가지 사이에 그의 몸을 대강 올려놓고는 그대로 땅으로 내려왔다.

탁.

땅에 발을 대는 순간 극심한 피로감이 전신을 옥죄었다. 그는 참을 수 없는 고통에 자기 가슴을 부여잡더니, 곧 땅에 엎어지며 중얼거렸다.

"후우. 후욱. 내력이 없다는 게 이런 거구나. 후욱. 하아. 가슴이 터질 것 같아. 후우. 힘들다는 게 얼마 만인지."

그는 땅에 엎어진 채로 거칠게 호흡했다. 그러면서 자기도 모르게 묘한 빛을 열 반지를 보게 되었다.

그 오묘한 빛깔은 마치 아름다운 여인처럼 그의 마음을 동하게 만들기 시작했다.

그때였다.

"크으으흑. 크히익!"

운정은 그 괴기한 소리에 얼른 고개를 돌렸다.

그곳에는 네 개의 연보랏빛 눈동자에 타오르는 듯한 분노를 담은 변후가 이목구비에서 핏물을 흘리며 몸을 움직이고 있었다.

마치 벌레처럼 꿈틀거리면서 천천히 앞으로 나아가는데, 사지를 제대로 쓰지 못해 기어간다는 표현으로도 부족할 지경이었다.

그의 한쪽 얼굴이 완전히 일그러져 있었고, 입가에선 침을 질질 흘렸으며, 사타구니는 똥물로 젖어 있었다.

"막힌 혈도와 근골을 파괴하면서까지 움직이려 하는 건가?"

변후의 시선은 월지에 고정되어 있었다. 그것을 되찾기 위해 안간힘을 쓰는데, 그 광경을 운정이 뻔히 보고 있다는 것도 모르는 것 같았다.

운정은 지친 몸을 일으켜 세운 뒤 월지를 주웠다. 그제야 운정을 확인한 변후가 또다시 괴상한 소리를 내었다.

"크학! 흐캭캭!"

운정은 그런 변후에게 조금의 관심도 없었다. 그의 관심은 오로지 월지에 집중되었다.

그는 자신의 양손에 담긴 월지를 찬찬히 감상하면서 말했다.

"오묘한 빛이야. 정말로 아름답네."

운정은 그것을 자세히 보기 위해서 얼굴 가까이 그것을 가져갔다.

그러자 놀랍게도 반지들이 이리저리 스스로 움직이며 그의 열손가락에 맞춰 나열되었다.

운정의 열손가락이 살짝 구부러졌다.

그리고 서서히 그 반지의 구멍을 향해 움직였다.

으득. 으득.

나열된 반지 구멍과 맞출 수 없던 그의 두 엄지는 관절이 빠지기까지 하며 그 구멍에 각도를 맞추었다. 그럼에도 불구하고 운정은 고통을 전혀 느끼지 못하고 오로지 월지에 시선을 고정하고 있었다.

그때였다.

파— 앙!

정신을 뒤흔드는 그런 파장이 운정의 앞에서 울렸다.

운정은 퍼뜩 정신을 차리곤 양 손바닥을 벌렸다.

그러자 나열된 열 반지는 아무렇게나 땅에 떨어졌고, 그 즉시 양쪽 엄지에서 고통을 느낀 운정이 얼굴을 잔뜩 찌푸리며 양손을 감쌌다.

파— 앙!

정신의 파장이 다시 한번 울렸다.

운정은 다른 네 손가락으로 비틀어진 엄지를 맞추고는 그 파장이 울린 곳을 보았다.

그곳에는 작은 새싹 하나가 땅 위로 피어올라 있었는데, 쌍잎으로 된 그 새싹은 밤의 어둠을 물리칠 정도로 강렬한 빛을 내고 있었다.

그 빛을 멍하니 보던 운정은 눈이 부시기는커녕 오히려 편안하다는 기분을 느꼈다.

새싹은 정신의 파장을 일으키며 빠르게 자라나기 시작했다. 위쪽으로 줄기를 뻗기보다는 점차 그 잎사귀가 옆으로 커지면서 하나의 큰 열매처럼 변하기 시작했다.

크게 부풀어 오르더니, 곧 바람이 빠지듯 푹 꺼지면서 하나의 사람 형상을 갖추었다.

파직.

매끈한 손 하나가 그 열매 껍질을 찢었다. 그리고 그것을 시작으로 수없이 많은 주름들이 껍질에 생기더니 곧 그것들이 갈라지며 그 속살을 내비쳤다.

그 속살에는 희고 또 흰 피부를 가진 여요괴가 있었다.

"다, 당신은?"

운정의 물음에 그 여요괴는 방긋 웃었다. 그러곤 서서히 그 열매 속에서 나왔는데, 그녀는 완전히 알몸이라 그 환상적인 아름다움을 마음껏 뽐내고 있었다.

그녀가 완전히 나오자, 속이 빈 거대한 열매는 서서히 초록빛으로 가득 차올랐고 이내 애초에 존재한 적이 없던 것처럼 먼지가 되어 사라졌다.

여요괴는 한 손에 쥚어진 보따리를 풀더니 그 속에서 이게의 의복과 초승달처럼 휘어진 굵은 나뭇가지 하나를 꺼냈다.

그녀는 천천히 의복을 입었다. 그리고 휘어진 나뭇가지를 역방향으로 풀더니 허리까지 풀어 헤친 자신의 머리카락을 정성스레 앞으로 모아 그 끝에서 끝에 걸었다. 마치 기다란 옥비녀를 가지고 세로로 머리카락을 모은 모양새였다.

목쪽에서부터 허리까지 고정했기에, 등 뒤에 늘어뜨린 머리카락 뭉텅이를 볼 수 없는 앞에서는 마치 단발을 하고 있는 것처럼 보였다.

운정은 그 묘한 광경을 넋을 놓고 바라볼 수밖에 없었다. 신기한 것도 신기한 것이지만, 세상의 것을 뛰어넘는 아름다움이 그의 정신을 송두리째 빼앗았기 때문이다.

여요괴는 아직까지도 몸을 뒤틀어대는 변후를 검지로 몇 번 가리키며 운정을 보았다.

운정은 자기도 모르게 고개를 끄덕였고, 여요괴는 머리를 흔들었다. 그러자 그녀의 머리카락을 세로로 고정하던 나무 옥비녀가 그녀의 품에 자연스럽게 들어왔다.

여요괴는 입술을 작게 읊조리면서 마치 활시위를 당기듯 그녀의 머리카락을 잡아당겼다. 그렇게 잡으니, 그 굵은 나뭇가지와 그녀의 머리카락은 완벽한 활의 모습을 취하게 되었다.

운정이 당황하여 뭐라 말하려는데, 그녀의 손은 이미 머리카락, 아니, 활시위를 떠났다.

팽—!

변후의 머리에 손가락 한 개는 충분히 들어갈 만한 구멍이 생겼다. 뇌수와 섞인 핏물이 질질 흘러나오자, 변후의 몸은 쥐 죽은 듯 조용해졌다.

여요괴는 운정을 보더니 씨익 웃으며 말했다.

"Doog ot ees uoy."

운정은 완전히 죽어 버린 변후를 보며 나지막하게 독백했다.

"설마? 건기(乾氣)?"

여요괴가 운정에게 물었다.

"Si eh pu ereht?"

잠깐 사색에 빠진 운정은 머리를 흔들어 정신을 차렸다. 대강 눈치로 그녀가 카이랄을 찾는 것이라 생각하곤 말했다.

"카이랄을 찾는 거라면 나무 위에 있어."

그 말을 들은 여요괴의 눈이 보름달만큼이나 커졌다. 아니, 눈은 그대로였으나 눈동자만 커져 눈의 반 이상을 삼켰다.

"Uoy wonk sih eman……."

두 눈에 경계심이 바짝 오르자, 운정은 두 손을 앞으로 활짝 펴 보이며 변명했다.

"도와준 거야. 혼자라도 살아남으라고 말이지. 하지만 이제 보니 그 생각도 월지 때문인 것 같은데."

운정은 땅바닥을 가리키자, 여요괴의 시선이 월지로 향했다. 그녀는 그것을 본 즉시 눈을 감아 버렸다.

"Ediug em ot ti."

그렇게 말한 그녀는 머리카락 뭉텅이를 앞머리에서 골라 한 손으로 잡았다. 그러곤 다른 손을 운정 쪽으로 뻗었다.

"무슨 의미야?"

여요괴는 자신의 양쪽 눈을 가리켰다가, 손을 흔들었다. 그러곤 반지를 가리킨 후에, 자신의 머리카락에 끼어 넣는 시늉을 했다.

"대강 알겠어."

운정은 여요괴의 손을 잡았다.

피부가 매우 미끈하여 그대로 놓칠 뻔했다. 마치 기름칠을 해 놓은 것 같았다.

운정은 그녀의 손을 조금 세게 잡은 뒤, 천천히 월지가 있는 곳까지 안내했다.

그녀는 눈을 감고 월지를 보지 않으려 했기 때문에, 엉성한 몸짓이 계속되었다.

몇 번이고 우스꽝스러운 일이 벌어진 뒤, 월지를 자신의 머리카락 뭉텅이에 모두 엮은 그녀는 그것을 위로 돌리더니, 중간쯤에서 다른 머리카락과 묶어 버렸다.

마치 장식품처럼, 월지로 머리를 치장한 그녀를 보며 운정이 나무 위를 가리켰다.

"카이랄이 거기 있어."

여요괴는 자기도 모르게 숨을 살짝 내쉬었다. 그러곤 몸을 튕기듯 빠르게 나무 위로 치고 올라갔다.

중원에 존재하는 그 어떠한 보법으로도 흉내 낼 수 없는 그 움직임을 바라보며 운정은 놀람을 감추지 못하며 말했다.

"걸음은 숲에서 배운 거야. 아니, 나무에서부터라 해야 하나?"

그의 독백이 막 끝나기도 전에 여요괴는 카이랄을 품에 안아들고 내려왔다.

카이랄은 그녀보다 신장도 덩치도 컸다. 때문에 그녀는 힘에 겨운지 얼굴을 잔뜩 찡그리고 있었다. 운정은 얼른 그녀를 부축하면서 카이랄을 천천히 땅에 눕혔다.

여요괴는 걱정스럽다는 눈빛으로 카이랄을 위아래로 훑어보더니, 곧 눈을 감고 손을 뒤로 뻗어 머리카락 몇 가닥을 잡았다. 그러곤 그것을 집은 손을 카이랄의 이마에 얹더니, 곧 눈을 감고 작게 뭐라 읊조리기 시작했다.

그러자 연한 초록빛이 그녀의 머리카락에서 은은하게 흘러나와 카이랄의 머릿속으로 스며들었다.

카이랄이 눈을 번쩍 떴다.

그는 여요괴의 목을 향해 양손을 뻗었다. 주문을 외우느라 무방비 상태였던, 그녀는 너무나 빠른 카이랄의 양손에 속수무책으로 당할 수밖에 없었다.

"카핫. 하악."

여요괴는 괴로움에 몸을 비틀거려 앞으로 엎어졌다, 그제야 그녀를 알아본 카이랄이 얼른 그녀를 놔주었다.

카이랄은 당황한 눈빛으로 사방을 본 뒤에, 자기 목을 부여잡고 고통스러워하는 여요괴의 어깨에 손을 올리며 말했다.

"Uoy erew oot esolc."

여요괴의 긴 귀가 쫑긋 섰다.

"Uoy era emoclew."

"……"

꿀 먹은 벙어리가 된 카이랄은 굳은 여요괴의 표정을 더 이상 보지 못했다. 그는 한쪽 무릎을 세운 채 앉은 자세로 운정에게 시선을 던졌고, 때마침 운정이 말했다.

"기절시킨 건 미안해. 혼자라도 살아남으라고 그런 거야."

카이랄은 방금 전 상황을 기억하며 말했다.

"의도는 알겠다. 하지만 넌 내 의사를 완전히 무시한 거다."

"하지만 순전히 내 의지는 아니었어."

"그럼?"

운정은 여요괴의 머리에 장식된 월지를 가리키며 말했다.

"저 물건에 요상한 힘이 있는 게 틀림없어. 다른 건 몰라도 내 엄지가 꺾인 걸 보면 단순한 탐심이 아니라는 걸 알 수 있지."

카이랄은 엄지가 꺾였다는 것이 무슨 뜻인지 몰라 무슨 관용구이겠거니 하고 넘겼다. 다만, 월지가 비상식적인 탐심을 불러일으킨다는 것은 이미 그도 경험해서 알고 있었다.

그가 여요괴의 머리에 엮어 있는 월지를 보며 말했다.

"확실히. 나도 정신이 거기에 빼앗겼었다. 이상한 논리를 만들어 내면서 저걸 착용하려 했지. 내가 볼 땐 월지가 처음에는 나를 노리다가, 너로 선회한 것 같다."

"요상한 귀신이라도 씌었나 보군."

"강력한 마도구는 일정량의 의지를 지니기에 스스로 주인을 찾는 경우가 흔하다. 더 세븐(The Seven)이라면 말할 것도 없지."

"역시. 이계의 물건답네. 요상하기 짝이 없어."

카이랄은 턱짓으로 변후의 시체를 가리켰다.

"저 머리에 구멍 뚫린 자가 의식을 가지고 있을 때도, 월지는 우리에게 탐심을 불어넣었다. 만약 월지 속에 연보랏빛 눈동자 마법사의 의식이 있었다면, 분명 월지는 그 마법사에게 가려 했겠지. 따라서 월지는 월지 자체의 의지를 가진 것이다."

"아 그럼, 그 가설이 증명되었네. 혼을 옮기는 마법은 마법사 고유의 마법이고, 월지랑은 상관없다는 것."

"증명까진 아니다. 하여간 혈맹에게 사정을 들어 보겠다. 이계까지 직접 오는 데 꽤 많은 비용이 소모되었을 텐데 말이지."

카이랄은 여요괴를 보더니, 몇 마디 말을 건넸다. 한참 대화하는 도중 그는 몇 번이고 분노의 찬 목소리를 냈는데, 참다 참다 참지 못한 그는 운정에게 고개를 홱 하니 돌리며 소리쳤다.

"운정! 내 이름을 말했나?"

운정은 순간 잘못을 들킨 어린아이처럼 깜짝 놀랐다. 그는 머리를 빠르게 돌려 재치 있게 받았다.

"너도 방금 말했잖아, 내 이름."

카이랄은 붉으락푸르락해져서는 운정을 쏘아보다가, 곧 밤하늘을 올려다보더니, 눈을 천천히 감았다.

"인간에게 이름을 알려 주는 게 아니었어. 이 혈맹이 원래부터 내 이름을 아는 자가 아니었다면, 넌 내게 죽어도 할 말이 없어."

운정은 배시시 웃으며 말했다.

"미안. 깜박했네."

카이랄은 기가 찬다는 듯 숨을 짧게 내쉬었다.

그와 마찬가지로 여요괴도 짧게 내쉬었다.

"Hah……."

그녀의 입에서 나온 소리는 꽤 야릇했다. 그 사실에 충격을 받은 카이랄이 그녀를 돌아보았는데, 그녀는 카이랄이 자기를 경멸의 시선으로 보고 있다는 것도 모르고 멍한 표정으로 운정을 향하고 있었다.

어이가 없던 카이랄이 고개를 돌려 운정을 보자, 그곳에는 모성애를 자극하는 미청년의 헤픈 미소가 있었다.

카이랄은 손을 들어 자기 이마를 툭 하고 쳤다.

"하아, 이런 어린 것하고 전장을 헤쳐 나가야 한다니……."

운정이 말했다.

"그래서? 왜 왔대?"

카이랄은 한숨을 푹하고 내쉬더니 말했다.

"내가 일족에게 두루마리의 정보 열람을 신청했었던 걸 기억하나?"

"기억하지."

"내용이 너무 황당하다 생각했는지 일단은 기각된 듯하다. 하긴 역대 최악의 엘프가 중원에 있다는 정보는 바로 믿기 어렵지. 아쉽지만 무당산의 정기에 관련된 내용은 따로 알아봐야 할 것이다."

"그 요상한 식물은 뭐였는데? 여요괴는 뭐고?"

카이랄은 고개를 갸웃했다가 곧 끄덕였다.

"식물? 아, 하얀 것들의 차원 이동 기술을 말하는군. 월지가 있다는 건 믿는지, 그 회수를 위해서 일단 지원을 보내기로 결정한 것으로 보인다."

운정은 아쉬운 속내를 숨기며 말을 돌렸다.

"그래서 저 여요괴가 지원인 거야?"

"아무리 혈맹이라지만, 하얀 것들의 장로들이 우리 일족을 완전히 믿지 못하겠는지, 하얀 것을 보내야 한다고 했을 거야. 우리 일족의 장로들도 딱히 반대할 명분이 없었겠지. 월지는 혈맹조차 갈라놓을 정도의 힘이 있으니까."

"……."

"아마 그녀는 곧 돌아갈 거다, 월지를 가지고."

"포위망은? 어떻게 뚫게?"

"그녀에겐 귀환이 우선이야. 그것을 위해서라면 도와주겠지만 그 외에 것은 신경 쓰지 않을 것이다. 아니, 써선 안 되지."

운정이 슬쩍 보니, 여요괴는 땅에 사람 손가락만 한 씨앗을 심고 있었다. 고운 땅을 파고 정성들여 그것을 세운 뒤에 다시 천천히 메꾸는데, 손가락을 이용하여 흙을 곱게 그 위에 뿌렸다.

그렇게 심기를 다한 그녀는 머리카락을 반 바퀴 돌려 활을 잡았다. 그러곤 운정에게 살짝 미소 짓더니, 카이랄에게 말했다.

"I lliw thgif htiw uoy."

카이랄이 이상하다는 듯 물었다.

"Yhw? Uoy tsum nruter."

"Ti saw ruoy 'sredle dnamed ot sruo."

"I t'nod htrow eht neves."

"Uoy od. ta tsael ot ruoy sredle."

"……."

카이랄은 잠시 말이 없었다.

여요괴는 지평선 끝을 이리저리 둘러보더니, 운정을 보며 말했다.

"Ytnewt?"

운정은 그것이 무슨 뜻이 알았다. 전에 이계어로 숫자를 물어봤을 때, 분명 그 말이 이십을 뜻한다고 했었다.

"Sey."

운정이 이계어로 긍정하자, 카이랄이 그녀에게 물었다.

"Yna saedi?"

그녀가 상긋하게 웃으며 말했다.

"Uoy era eht guardian."

카이랄은 잠시 턱을 괴고는 눈을 감았다. 몇 번이나 깊게 상고한 뜻에, 그는 눈을 뜨며 자리에서 일어났다.

그의 두 눈은 고요히 가라앉아 맹수의 그것처럼 변했다.

"둘씩 짝지어져 있다면, 하나는 패밀리어인가? 확인해 봐."

운정은 눈초리를 모아 지평선 끝자락에서 포위하고 있는 마법사를 보았다.

"그것까진 모르겠는데. 근데 저 여요괴도 같이 싸우는 거야?"

"그게 우리 일족의 장로의 요구 사항이었다는군. 하얀 것을 지원으로 보내는 대신에 나의 귀환을 도우라는 것 말이야. 나에겐 더 세븐만 한 가치는 없는데, 꽤 과대평가 받는군."

그때 여요괴가 나지막하게 말했다.

"Eno egam dna eno railimaf."

운정은 설마 하는 생각에 여요괴를 돌아보았다.

여요괴는 눈을 찡그리지도 눈초리를 모으지도 않았다. 그저 담담한 표정으로 한없이 먼 곳을 바라볼 뿐이었다. 그녀의 눈에는 운정이 확인할 수 없는 미세한 것까지 보이는 듯했다.

카이랄이 말했다.

"패밀리어라… 그럼 열 명 다 위저드급이야. 각각 따로 싸우면……."

"Tiaw."

여요괴는 두 눈을 가늘게 뜨며 카이랄의 말을 끊었다.

카이랄이 물었다.

"Tahw?"

여요괴가 말했다.

"Eno fo meht tsuj dettimmoc edicius."

카이랄의 입이 살포시 벌어졌다.

운정도 서둘러 여요괴의 시선을 따라가 보았다.

그곳에는 마법사로 보이는 자가, 액체를 가슴에서 내뿜으며 막 쓰러지고 있었다.

카이랄이 의문을 담아 중얼거렸다.

"갑자기 자결했다?"

"……."

운정과 카이랄은 서로를 돌아봤다.

그리고 동시에 깨달은 그들이 외쳤다.

"그 마법사의 영혼이 저자에게 들어갈 거야."

"연보랏빛 눈동자를 확인해 봐!"

카이랄은 운정의 외침을 외계어로 통역했고, 여요괴가 그 마법사를 주시해 연보랏빛 눈동자를 찾으려 했다.

하지만 그런 그녀의 수고는 의미가 없었다.

공중의 무언가에 의해 들려진 것처럼 몸을 일으킨 마법사에게서 연보랏빛 안광이 쏘아졌기 때문이다.

그 안광은 너무나 강렬하여 운정은 물론 카이랄의 육안으로도 충분히 확인할 수 있었다.

이글거리는 두 연보랏빛은 먼 거리를 뚫고 정확히 운정을 바라보고 있었다. 카이랄은 그를 보며 침음을 흘렸고, 여요괴는 활을 들어 그 마법사를 향해 뻗었다.

여요괴가 말했다.

"Toohs?"

카이랄이 손을 뻗어 그녀 앞을 막고는 말했다.

"On."

카이랄의 눈동자는 수시로 떨리고 있었다. 좀처럼 감정을 내비치지 않는 그가 그 정도로 동요하고 있다는 건, 승산이 전혀 없다고 느끼는 것이 분명했다.

운정은 그가 단순히 생명이 위험하다고 동요하는 자가 아님을 안다. 즉, 그의 떨림은 임무를 완수할 수 없는 것에서 오는 불안감이고 이는 생존은커녕 여요괴의 귀환조차 보장할 수 없을 정도라는 것이다.

연보랏빛의 눈동자를 하고 되살아난 한 마법사는 지팡이를 앞으로 살짝 뻗었다. 그러자 놀라운 속도로 하늘 위로 솟아올랐다.

그것은 무림의 경공으로는 흉내조차 낼 수 없는 수준의 비행이었다. 마치 하늘과 땅을 바꿔 하늘 위로 떨어지는 것 같았다.

카이랄이 소리쳤다.

"Woh gnol rof eht latrop?"

여요괴는 그녀가 씨앗을 심은 곳을 슬쩍 보았다.

"Net setunim spahrep."

카이랄은 암담한 표정을 지으며 중얼거렸다.

"같이 자결하는 수밖에 없나……."

운정은 이젠 구름까지 뚫고 올라가 모습이 완전히 하늘에 먹혀 버린 마법사를 겨우 육안으로 쫓으며 말했다.

"이길 수단이 없는 거지?"

"일각 정도만 버티면 되는데, 그게 가능할지 모르겠다."

"왜? 시간을 벌면 무슨 좋은 수가 있어?"

"우리 세계로 갈 수 있다. 혈맹이 심은 씨앗이 완전히 자라면, 그것을 통해서 차원을 이동할 수 있다."

"……."

"하지만 그때까지가 문제군."

"다른 수단이 없으면 내 방식대로 하자."

"저 정도의 마법사에겐 심문 따윈 일도 아니다. 사로잡힐 가능성이 조금이라도 있다면 거부하겠다."

"글쎄. 아까도 생각했지만 자결한다고 해서, 죽음을 다루고 혼을 마음대로 움직이며 시체까지도 조종하는 저들의 손아귀에서 자유로워질 수 있을까?"

카이랄은 운정의 말에 반박할 수 없었다.

"확실히 그 말을 들어 보니 자결도 의미가 없겠어. 솔직히 말하면 월지를 사용하는 도박적인 수 말고는 다른 수가 떠오르지 않는다."

운정은 여전히 밤하늘에 시선을 고정하며 물었다.

"저 여요괴가 머리카락에 월지를 끼운 이유가 탐심을 불러일으키는 그 요상한 힘을 억누르는 거 맞지?"

"그렇다. 어떻게 알았지?"

"정기(正氣)를 느꼈어. 마기를 몰아내는 정기를. 기절한 널 깨울 때도 느꼈지."

"……."

"요괴한테서 정기를 느낄 줄 몰랐지만, 어쨌든 저 여요괴가 보이지 않는 화살을 사용할 땐 또 건기(乾氣)를 느꼈어. 순수하기 짝이 없는 기운이었지. 심지어 무당산의 정기보다 더한 순수함이었어. 한 번도 느껴 보지 못한 수준의 순수함이었기에, 내가 아는 건기가 맞는지 의심스러울 정도였으니."

"무슨 말을 하고 싶은 것이지?"

"잘하면 내가 무공을 다시 쓸 수도 있다는 거야. 그 정도로 순수한 건기라면 누가 가져다 써도 무리가 없을 테니까."

"그러니까 혈맹에게서 마나를 받겠다는 거냐?"

"정확하게는 그 화살을 쏠 때 생성되는 기를 받아 보겠다는 거야. 통역해 줘."

카이랄은 운정의 말을 거의 이해하지 못했다. 그러나 다른 수가 없었기 때문에 그의 말대로 여요괴에게 운정의 말을 전했다.

말을 들은 여요괴는 한참 운정을 보다가 곧 자신의 머리카락 한 뭉텅이를 잡고 운정에게 보여 주었다.

운정은 여요괴에게 고개를 끄덕인 후, 그 머리카락에 손을 대었다.

찌르르.

운정은 누군가 전신을 뒤흔든 것 같은 착각을 느꼈다.

그 속에 담긴 기운은 현세에 절대로 존재할 수 없는 완벽한 순수함이었다. 현세에선 아무리 맑고 맑다 해도 완벽하게 맑은 수는 없기 때문이다.

운정은 정신이 삼켜질 듯한 기분을 느꼈다. 몸 안의 세포 하나하나가 그 순수함에 반응하는 듯했다.

그는 겨우 손을 떼고는 눈을 몇 번이나 껌벅이더니 나지막하게 말했다.

“완벽한 순수함… 그렇기에 오히려 그 누구도 쓸 수 없는 거야. 이 기운을 도대체 어떻게 사용하는 거지?”

“……”

“……”

“내가 쓰기 위해 오히려 탁기(濁氣)가 섞여야 해. 어떻게 현실에 존재할 수 있는 거지? 도저히 이해가 가질 않아.”

“……”

“……”

카이랄도 여요괴도 그의 질문에 답해 줄 수 없었다. 카이랄은 그가 하는 말 태반을 이해하지 못했고, 여요괴는 그의 언어를 몰랐다.

운정은 숨을 깊게 마쉬고는 다시 그 머리카락에 손을 가져갔다. 다시금 느껴지는 찌르르한 기분을 애써 억누르면서 그 몸에 흡수하려 했다.

하지만 실패.

완벽하게 순수하기에, 그만큼 그것을 움직이려면 심력 또한 무한하게 필요하다. 운정에게 무한한 심력이 없는 한 그것을 자신의 것으로 하지도 못하고, 할 수도 없었다.

카이랄은 그저 눈을 감고 가만히 서 있는 운정에게 답답하다는 듯 말했다.

"하늘 한곳이 붉게 변하고 있어. 무슨 마법을 쓰려는 건지 모르겠지만, 그랜드 위저드급이 저리 준비하는 걸 보면 상상을 초월하겠군. 우리가 월지를 가지고 방어할 거란 생각까지 하는 건가? 아니면 월지만을 정확하게 제외하고 노리고자 하기 때문일까?"

카이랄의 독백에 운정은 여요괴의 머리카락에서 순수한 정기를 얻으려는 시도를 그만두었다.

대신 그는 자신의 태극검에 그 머리카락을 감았다. 그러곤 그것을 한 손에 쥐고 여요괴에게 말했다.

"아까 화살을 쏘듯이 기운을 불어 넣어 주십시오."

여요괴는 카이랄을 돌아봤고, 카이랄이 운정의 말을 통역했다. 여요괴가 대답했고, 카이랄이 다시 통역했다.

"엘리멘탈(Elemental)에게 부탁은 해 본다고 한다."

"애리매탈?"

"바람의 기운을 움직이는 실체이자 그녀의 패밀리어다."

"그럼 그 건기는 본인이 움직이는 게 아니야?"

"그녀의 머리카락 속에 살고 있는 패밀리어가 움직이는 것이다. 그녀는 부탁하는 것이고."

"……."

"웬만하면 부탁은 들어주니 걱정하지 않아도 돼."

"이계의 마법은 정말로 요상하군. 기운에게 부탁을 하다니. 뭐, 알았어. 준비되면 알려 달라고 해."

"준비야 이미 됐을 거야."

"그래? 하지만 아무런 기운도 느껴지지 않는데?"

"일단 해 봐. 이젠 붉은 빛이 달빛보다 더 강해졌으니, 곧 몰살당한다."

운정은 눈살을 찌푸리며 하늘을 올려다보았다. 과연 밤하늘의 한 곳에선 사악하기 그지없는 붉은 빛이 마치 두 번째 달인 것처럼 빛나고 있었다.

운정은 그곳을 향해 검을 뻗어 조준하고는 뒤로 빼면서 검신을 잡아당겼다.

그와 동시에 머리카락 속의 무한한 힘이 검속의 공허를 메꾸었다.

구구궁—!

거대한 폭풍.

그 거대한 폭풍이 날카롭게 변하여 그의 검 끝에서 뿜어졌다.

그리고 그 순간 운정은 몸에 그나마 남아 있던 모든 내력이 완전히 사라져 버린 것을 느꼈다.

유풍검강. 아니 더 이상 유풍검강이라고 부를 수조차 없는 그 강대한 폭풍의 칼은 하늘 높이 솟구쳐 올라 붉은 빛을 횡으로 갈라 버렸다.

그러자 붉은 빛이 서서히 사그라지기 시작하더니, 하늘에서 작은 점 두 개가 땅으로 떨어지기 시작했다.

운정은 그대로 땅에 쓰러져 버렸다. 카이랄은 급히 다가와 그를 부축했고, 여요괴도 놀란 눈으로 운정에게 다가왔다.

카이랄이 뭐라 하기도 전에 여요괴가 먼저 큰 목소리로 물었다.

"Woh did uoy od taht? Woh?"

카이랄은 운정의 이마에 손을 얹으며 말했다.

"괜찮나? 어떻게 된 거야?"

운정은 기진맥진한 몸을 겨우 일으켜 세우며 말했다.

"내력이… 완전히 고갈되었어… 순수함으론 제일인 내 내력이 한낱 탁기로 쓰이다니. 참 나, 평생 이런 경험을 할 줄이야."

카이랄은 안도의 한숨을 쉬었다.

"그래도 정신을 잃진 않았군."

"다시 되찾은 거야. 잠깐 잃긴 했어. 그나저나 그 마법사는 어떻게 되었지?"

카이랄은 이제 막 땅에 처박힌 두 점을 슬쩍 보더니 말했다.

"두 동강이 난 듯싶다. 그래서 마법이 발현되지 못한 것 같아."

"다행이군."

"하지만, 다시 다른 몸으로 되살아나겠지. 혹시 방금 쓴 그 마법. 다시 쓸 수 있는 건가?"

"가능은 할걸? 하지만 탁기가 필요해. 주변의 기운을 흡수해서 하면 될지도 모르겠는데? 여요괴 쪽은 어때?"

카이랄이 여요괴를 돌아보며 물었다.

"Nac ew od taht niaga?"

여요괴는 귀를 쫑긋 세우며 화가 난 듯 높은 어조로 말했다.
"Niaga? Reven! Ehs dluow peels reverof!"
카이랄이 운정을 보며 고개를 돌렸다.
"안 될 듯하다."
"하긴 그저 그 기운을 인도만 한 나도 이렇게 지치는데, 본인은 말이 아니겠지. 겉모습은 멀쩡해 보이는데, 속은 아마 나보다 심할 거야."
"혈맹 걱정은 마라. 그녀는 괜찮으니까. 엘리멘탈이 문제지, 그녀는 문제가 없어."
운정은 전혀 이해가 안 간다는 듯 눈을 감아 버렸다.
"그런 기운을 쏟아붓고도 문제가 없다니, 요괴답군그래."
카이랄은 운정의 몸을 흔들었다. 운정이 겨우 눈을 뜨자, 다급하게 말했다.
"이젠 정말 무방비야. 조금만 더 시간을 벌어 주면 돼."
"Kool!"
여요괴의 외침에 카이랄과 운정은 그녀를 보았다. 그녀는 사방을 둘러보며 말을 이었다.
"Yeht era gnimoc."
운정도 그녀를 따라 사방을 둘러보니, 먼 곳에서부터 빠르게 달려오는 무리들이 보였다.
각각 아홉 방향에서 무언가 일직선으로 그들에게 달려오고 있었는데, 그 행색이 너무나 괴기해서 도저히 눈을 뜨고 봐 줄 수 없었다.

카이랄이 말했다.

"포위만 하던 수하 마법사들이 패밀리어로 총공격을 하는 것 같다. 그 마법사가 다시 한번 다른 마법사의 몸에서 부활하여 공격할 줄 알았는데 말이지."

"이젠 내 몸이고 뭐고 상관없다는 것 아니겠어?"

"흐음, 아님, 더 이상 부활할 수 없을 수도 있다. 이유가 뭐가 되었든, 상황이 절망적이라는 건 변하지 않는다. 이젠 정말 조금만 더 버티면 되는데."

카이랄은 막 돋아난 새싹을 안타깝다는 표정으로 보았다.

운정이 물었다.

"넌 어때? 몸 상태는?"

카이랄은 고개를 저었다.

"혈맹의 도움을 받아 그나마 몸을 움직이곤 있지만, 그게 다야."

"그럼 여요괴의 활을 믿는 수밖에."

"아니, 그것도 불가능해. 엘리멘탈이 잠에 들어서 바람의 화살을 쓰지 못하거든. 가볍게 오기 위해서 다른 여분의 화살을 가져오지 않았으니, 그녀도 활을 쓸 수 없지."

"……."

"결국 저 아홉 구울들을 상대할 만한 수단이 없다."

"구울이라면 아까 말한 강시지?"

"그 딱딱한 피부는 내 무기로도 뚫을 수가 없어."

"나도 내력이 없으니……."

"……"

"……"

그 둘은 딱딱한 표정으로 동시에 일어났다.

운정은 태극검을, 카이랄은 륜검을 뽑아 들었다.

운정이 말했다.

"후회하지 않아."

카이랄이 말했다.

"뭐가?"

"후회하지 않는다고. 지금까지 모든 일에 있어서."

진실을 꿰뚫는 카이랄은 운정의 말이 진심임을 알 수 있었다. 그렇기에 또다시 그를 향해 존경심을 품지 않을 수 없었다.

과연 일말의 후회도 없이 삶을 마칠 수 있는 존재가 이 세상에 아니, 두 세상에 얼마나 있을까?

카이랄이 작은 미소를 머금으며 말했다.

"마지막까지 놀라게 하는군. 우선 살아남아 보자. 네 말대로 자결도 의미가 없으니, 죽을 때 까지 싸우는 수밖에."

"하핫."

운정이 웃는 사이, 카이랄과 여요괴가 이계의 언어로 몇 마디를 주고받았다.

운정은 그들이 무슨 말을 하는지 알 수 없었지만, 체념한 그들의 표정을 보곤 대강 마지막 인사를 나눈다는 걸 유추할 수 있었다.

금세 오장 거리까지 다가온 아홉 구울들. 그것은 이목구미가 비틀리고 팔다리도 틀어져서 도저히 살아 있는 생물로 볼 수 없는 것들이었다.

그것들은 제각각 가지고 있는, 발이라고 차마 말할 수 없는 무언가를 통해 땅을 짚었다. 그리고 하늘 높이 도약하여 운정과 카이랄 그리고 여요괴를 아홉 방향에서 덮쳤다.

활.

태극검.

륜검.

이 세 무기에 아홉 구울이 닿기 일보 직전!

아홉 구울이 갑자기 한줌의 핏덩이가 되며 사방으로 터져 버렸다.

후드득. 푸득.

갑자기 썩은 고기와 핏물을 전신에 뒤집어쓰게 된 한 인간과 두 요괴는 영문을 몰라 서로를 보았다. 그들은 진득한 핏물과 악취 나는 살점으로 목욕이라도 한 것 같았다. 그 꼴이 가관이라, 헛웃음조차 나오지 않았다.

"퉤."

카이랄은 얼굴에 존재하는 모든 근육을 사용해 불쾌감을 표현했다.

냄새를 맡기만 해도 헛구역질이 올라오는데, 그 썩은 살점을 입에 담았다면 주저앉아 토악질을 해도 모자라다. 그러니 얼굴을 찡그리는 것으로 멈춘 카이랄의 인내력은 생사의 갈림길에서 매 순간을 보낸 전사만이 가질 수 있는 수준이었다.

운정은 손을 들어 얼굴을 쓸어내렸다.

미끈거리는 핏물의 감촉과 손가락에 걸리는 살점의 감촉은 참을 수 없는 메스꺼움을 가져다주었다. 그는 결국 소리 없는 헛구역질을 몇 번이나 하고 나서야 겨우 눈을 뜰 수 있었다.

그의 시야에 잡히는 것이 있었다. 지극히 빠른 속도로 다가오는 인형(人形). 그가 몰고 오는 기운은 상상을 초월하는 위압감이 있었다.

그것은 운정만 느낀 것이 아닌지, 카이랄과 여요괴도 굳은 표정으로 그를 보고 있었다. 그를 보고 있노라면, 죽은 핏물이든 썩은 살점이든 그들에게 더 이상 중요하지 않게 되었다.

탁.

화산파의 고수이자 흑백연합의 사령인 나지오였다.

그들 앞에 착지한 그는 그들의 꼴을 훑어보다가 한마디를 툭 던졌다.

"살아는 있는 거지?"

카이랄이 륜검을 들고 그를 향해 뻗으려 하자, 여요괴가 그를 말렸다. 카이랄이 그녀를 돌아보자, 여요괴가 작은 소리로 몇 마디를 말했다.

카이랄은 곧 륜검을 거두었지만, 경계 어린 눈빛은 거두지 않았다.

운정이 말했다.

"혹 마법사들은?"

나지오가 대답했다.

"애들이 일격에 처리했다."
나지오 뒤로 몇몇 매화검수들이 보였다.
운정은 상황을 이해하곤 말했다.
"흐음, 그래서 이계의 강시들이 갑자기 눈앞에서 터진 것 같습니다."
나지오가 고개를 갸웃했다.
"아, 그거 네가 한 게 아니야? 도와주려고 했는데, 갑자기 폭발해서 무당파에 그런 패도적인 무공이 있었나 했네."
"내력이 없어서 그런 무공을 배웠다 한들 하지도 못합니다."
"그럼 우리가 마법사들을 죽여서 그놈들이 터진 건가? 뭐, 자폭이라도 한 거야? 그런데 꽤 멀쩡해 보이네?"
그에 대한 대답은 카이랄이 대신했다.
"패밀리어인 구울이다. 마법사의 분신과도 같은 존재. 죽은 자들을 엮어 만들었기에 마법사가 죽으니 원래 시체로 되돌아간 것이지."
나지오는 그를 위아래로 훑어보며 말했다.
"한어를 잘하네? 운정 도사가 전에 말한 그 흑요(黑妖)인가 보군? 이계인도 아니고 요괴 중에도 이렇게 말을 잘하는 사람이 있었나? 저 백요(白妖)와 함께 있는 걸 보니, 화산과 교류를 청한 요괴들과 한패인 것 같은데, 말을 잘하는 널 놔두고 왜 그 백요를 우리 쪽으로 보낸 거야? 귀찮게시리."
카이랄이 말했다.
"나에 대한 건 어떠한 것도 말해 줄 수 없다."

나지오는 쓴웃음을 지으며 말했다.

"어련하시겠어. 하지만 꼭 들어야 되는 게 있어."

"무엇이지?"

나지오는 쓰러진 변후를 손가락으로 가리키며 말했다.

"본 파의 고수가 살해당했으니, 그 핏값이 누구에게 있는지 시시비비를 가려야지. 저건 누가 봐도 무공의 흔적인데?"

그의 목소리는 평소처럼 가벼웠다. 그의 눈꼬리도 평소처럼 장난기가 가득한 듯했다. 하지만 그의 기세에서 느껴지는 투기는 당장에라도 검을 뽑아 난도질을 시작해도 놀라지 않을 수준이었다.

운정이 말했다.

"우리를 먼저 죽이려 했기 때문에 제가 제압했었습니다."

나지오는 전보다 더욱 가볍고 웃음기 넘치는 목소리로 물었다.

"그러니까 머리에 구멍 낸 건 누구냐고? 무당의 도사인 네가 저 머리에 구멍을 내진 않았을 거 아니야?"

"……."

"말 안 할래? 전부다 화산으로 포박해 심문할까?"

그 말을 들은 카이랄은 륜검을 다시금 만지작만지작 거렸다.

상황이 심상치 않게 돌아간다는 걸 깨달은 여요괴가 카이랄에게 먼저 말했다.

"S'tahw gnineppah?"

카이랄은 대답하지 않고 차갑게 변한 눈빛으로 나지오를 주시했다. 그의 손이 흔들렸고, 그 순간 나지오의 신형이 흐려졌다.

탁.

하나의 소리였지만, 카이랄의 등 뒤에서 나타난 나지오는 카이랄의 양손을 동시에 잡았다. 그리고 그 즉시 힘을 주어 손목을 꺾었다.

으드득.

카이랄은 비명을 지르지 않았지만, 들고 있던 륜검을 떨어뜨릴 수밖에 없었다.

나지오는 운정을 보며 말했다.

"누가 변후를 죽였는지, 그리고 어떻게 그런 상황에 이르게 되었는지 설명해. 나도 나름 많이 참고 있는 거니까."

다른 수가 없었던 운정은 하나하나 천천히 나지오에게 설명했다. 나지오에게 숨긴 건 카이랄의 이름뿐, 그 외엔 모두 진실을 이야기했다.

이야기를 다 들은 나지오는 우선 카이랄을 놔주었다. 하지만 고개를 몇 번이고 저으며 의심스럽다는 듯 말했다.

"억측 위에 억측이야. 마법사가 그 몸속에 들어가서 죽일 수밖에 없었다? 그런 해괴한 소리를 믿으라고?"

그들 주변에는 어느새 매화검수들이 포진해 있었다.

그중에는 걱정스러운 표정을 지은 정채린도, 새침한 표정을 지은 소청아도, 그리고 심호흡으로 마음을 다스리는 한근농도 있었다.

그중 정채린이 먼저 말을 꺼냈다.

"사령님, 제가 한 말씀 올려도 되겠습니까?"

"응."

"이십일 전 무당파에 조사를 나왔을 때, 변 사제는 저희들과 따로 움직였습니다. 그때는 무당산에 적이 남아 있을지 모른다고 생각하고, 전멸할 가능성을 염두에 두었기에 소식을 전할 한 사람을 뽑은 것입니다. 하지만 오히려 변 사제의 소식이 끊겼습니다."

"그래서 정 단주는 그의 말이 사실이라 보는 건가?"

항상 웃는 얼굴로 채린아, 채린아 하던 숙부가 딱딱한 목소리로 정 단주라 자신을 부르자, 정채린은 마른침을 삼켰다.

그녀는 천천히 논리적으로 설명했다.

"변 사제의 손가락을 보십시오. 모두 잘려 나가 있습니다. 적어도 변 사제가 그 반지를 착용한 것은 맞는 듯합니다. 그가 명령을 제대로 수행했다면, 무당산으로 다시 돌아와 그 마법사의 무덤을 파헤쳐서 그 반지들을 착용할 리 없지 않습니까?"

"……."

"만약 그랬다 한다고 해도, 그것은 변 사제의 어리석은 판단에 의한 것입니다. 명을 어기고 욕심에 눈이 멀어 함부로 이계의 마도구를 착용했으니, 이는 중죄일 것입니다."

그녀의 말이 끝나자, 소청아가 거들었다.

"매화검수 중 저만큼 운정 도사님을 가까이서 본 사람은 없습니다. 도사님은 절대로 화산파를 배신할 분이 아닙니다. 또

한 아무런 이유 없이 변 사형이 죽도록 내버려 두지 않았을 겁니다. 요괴들이 죽이려 했다면 분명 말리셨을 겁니다."

논리적인 호소와 감정적인 호소가 섞여 운정의 혐의가 옅어지는 듯했다.

매화검수들도 운정을 열흘간 옆에서 본 바로는 참새 새끼 하나 못 죽일 인물이며 또 거짓말을 절대로 하지 않는 인물이기에, 그녀들의 말을 듣고 수긍하는 분위기였다.

하지만 한근농은 카이랄과 운정을 노려보며 차가운 물을 끼얹혔다.

"사령님, 저는 생각이 다릅니다."

나지오가 한근농을 돌아보았다.

"어떻게?"

"저 둘은 예전부터 알았던 사이가 분명합니다. 또한 옆에 있는 백요 또한 한패입니다. 저는 이십 일이 넘어가는 시간 동안 운정 도사를 옆에서 봐왔습니다. 다른 누구보다도 더 오랜 시간을 보았으니, 제 시각이 정확하다 확신합니다."

운정이 즉시 반박할 말을 찾았다.

"여기 이 여요괴가 화산에 있었던 것이 맞습니까?"

나지오는 매화검수들을 둘러보더니 말했다.

"기밀이지만, 뭐 이렇게 만나 버렸으니 어쩔 수 없지. 응, 맞아."

그 말을 들은 한근농의 얼굴에는 낭패감이 서렸다.

운정은 빠르게 한근농에게 말했다.

"한 동생의 의심은 바로 여요괴의 몸에 화산의 상흔이 있었다는 점에서부터 시작되었지. 그 부분이 확실히 설명되었으니, 더 이상 의심할 근거가 없을 텐데?"

그의 날카로운 질문에 한근농은 더 이상 할 말을 찾지 못했다.

대신 나지오가 말했다.

"정확히 말하면 확실히 설명된 적은 없어. 우선 백요가 갑자기 화산을 떠난 이유가 누군가의 암습이라는 그 말. 그것부터 제대로 확인해야겠다. 솔직히 말하면 우리 입장에선 손님으로 온 백요가 그냥 하루아침에 사라져서, 무언가 중요한 것을 도둑질한 것이 아닌가 하는 의심을 했었지. 너희 요괴들은 그 부분에 관해서 화산의 질문에 답해야 할 것이다."

카이랄은 부러진 손목을 매만지며 한동안 나지오를 쏘아보았다. 그러다가 이내 그가 말했다.

"조건이 있다."

"뭔데?"

"하얀 것이 돌아가는 것을 허락해라."

"돌아간다고?"

"그래. 말이 통하는 내가 남는 것이 화산에게도 좋겠지."

"무슨 뜻이지? 어떻게 돌아간다는 거야?"

"이제 곧 눈으로 볼 테니 더 설명할 필요는 없다. 하여간 저기 저 식물이 다 자라면 그것을 통해서 우리 세계로 돌아갈 수 있다. 나는 상관없으니 하얀 것은 보내 줘."

나지오는 카이랄이 가리킨 쪽을 보았다. 그곳에는 자그마한 새싹이 있었는데, 그 속에 품은 막강한 기운을 읽은 나지오는 두 눈으로 그것을 보고도 믿을 수 없었다.

"아니, 저건. 세상에 존재할 수 없는 거야. 눈으로 보기 전까지 그 기운을 느낄 수 없을 정도로 갈무리되어 있다니……."

그의 감탄은 오래가지 못했다. 왜냐하면 그 식물이 갑자기 부풀어 올라 사람만 한 큰 크기가 되었기 때문이다.

감탄은 황당함이 되었고, 나지오를 포함한 모든 사람들은 할 말을 찾지 못했다.

순식간에 다 자라난 이계의 식물은 아직은 피지 않은 거대한 꽃봉오리 같은 모습을 하고 있었다.

카이랄이 말했다.

"돌아가는 걸 허락한다면, 화산의 심문에 답하겠다. 하지만 그렇게 못하겠다면 나도 어떠한 말도 해 줄 수 없어."

나지오는 시선을 그 신비한 식물에게서 옮겨 카이랄로 향했다.

"백요의 머리에 엮은 것. 그거 칠(七) 중 하나지? 변후가 착용해서 죽게 된 것 말이야."

"정확하게는 먼저 살해를 당하고, 마법사가 그 몸을 차지한 뒤에 착용한 것이다."

"…라고 추측하는 거겠지. 아니야?"

"……."

"그걸 이계로 다시 돌려보내려고 하는 것 같은데, 미안하지만 그렇게는 안 되겠어. 저곳을 통해 네 세계로 가려면 그 반지들은 놓고 가야 할 것이다."

"반지를 놓고 간다면? 그러면, 보내 줄 것인가?"

나지오는 카이랄이 순순히 그렇게 나올 줄은 몰랐다. 그는 분명 힘의 차이를 확실하게 느끼고 그 안에서 최대한 유익을 찾는 듯했다.

나지오가 말했다.

"백요는 갈 수 없다. 소식을 저쪽에 전하기 위해서 가는 거라면 널 보내 주겠다."

"왜지? 말을 할 줄 아는 건 나인데?"

"화산의 고수를 죽인 피값은 그렇게 쉽게 사라지는 게 아니야."

"……."

"무엇이 이유가 되었든 머리에 구멍을 뚫은 건 백요니까. 변후가 이미 죽었고 마법사가 안에 있었다는 말을 확인하기 전까지 엄연히 용의자다."

이미 대답을 확신한 나지오의 눈빛은 뜨겁게 타오르고 있었다. 다른 건 몰라도 화산의 제자에 관련된 일만큼은 그도 평정심을 유지하기 어려웠다.

카이랄이 말했다.

"그녀는 한어를 모른다."

"저 여요괴 혼자 화산파에 찾아왔을 때, 우리 쪽에서 통역사를 불렀었어. 지금쯤 이미 화산에 와 있을 거다."

"……."

"애초에, 이계의 요괴들이 왜 말이 통하는 너를 보내지 않고 백요를 보냈는지는 정말 의문이군. 다짜고짜 화산파 언저리에 나타나서는 화산파의 인장이 찍힌 문서 하나를 들이미는데, 솔직히 감금하지 않은 것만 해도 다행으로 알아."

"본래는 통역을 담당할 마법사도 그녀와 함께 동행했었다. 다만 이곳에 도착하자마자 괴한에게 습격을 당해 그녀 홀로 살아남은 것이지."

나지오의 얼굴이 살짝 굳었다.

"습격? 화산에 오기 전에도 습격을 당했다고? 왜 그걸 말하지 않았지?"

"화산파 장문인은 알 텐데. 왜 그대는 모르는가?"

나지오는 턱을 살짝 매만지더니 말했다.

"흐음, 네 이야기가 진실이라면 장문인이 내게 숨긴 것이네. 뭐, 화산의 일에서 손을 뗐다고 하지만 막상 나도 모르는 일이 화산에서 굴러가니 조금 섭섭하긴 하네."

"……."

"뭐, 어쨌든. 백요는 못 보내. 우리가 서로 척을 졌는지 아닌지 아직 모르겠으니, 척을 졌을 경우를 대비해 백요를 우리가 데리고 있고, 척을 지지 않았을 경우를 대비해서 널 보내 주지. 어때? 합리적이지 않나?"

카이랄은 썩은 미소를 지어 검은 치아를 내비쳤다.

"힘의 차이가 있는 한, 합리적인 것에 무슨 의미가 있지?"

그 말을 들은 나지오도 카이랄을 따라 썩은 미소를 지었다.

그가 손을 뻗자, 카이랄이 여요괴를 보며 고개를 끄덕였고, 그녀는 머리에 엮은 반지들을 빼내어 나지오에게 주었다.

카이랄은 여요괴에게 몇 마디 말을 나눈 뒤, 반지들을 품에 넣은 나지오에게 말했다.

"그녀는 화산에 협조할 것이다."

"어떻게 믿지?"

"당신의 보호가 있다는 전제하에 그런 것이다. 못 믿겠다면 우릴 여기서 죽이면 되는 것이다. 물론 우리 일족 및 혈맹과 화산은 척을 지게 되겠지만."

"……."

나지오가 말이 없자, 카이랄은 천천히 옷을 모두 벗었다. 그러곤 알몸이 된 상태로 식물의 꽃봉오리에 가서, 그 안을 비집고 들어가려 했다. 그 전에, 그가 나지오를 보며 말했다.

"화산 안에 우리의 만남을 좋게 생각하지 않는 무리가 있다. 하얀 것을 향한 두 번의 습격. 그건 우연이라 할 수 없어."

나지오는 무표정으로 말했다.

"그게 사실이라는 가정하에 그렇겠지."

"나는 그걸 확신하고도 다시금 혈맹을 화산의 손에 맡긴 것이다. 그녀의 보호를 부탁한다. 우리와의 관계를 돌이키고자 한다면 말이지."

그렇게 말한 카이랄은 대답을 기다리지 않고, 완전히 그 꽃봉오리를 열어 그 안으로 쏙 들어갔다. 그러자 여요괴는 천천히 식물에 걸어가 그 줄기 부분을 뜯었다. 꽃봉오리를 포함한 식물의 모든 부분이 푸른 빛에 휩싸이기 시작했고, 곧 가루처럼 되어 하늘로 휘날렸다.

"……."

"……."

그 광경을 끝까지 지켜보던 중원인들은 자신들이 꿈을 꾸는 것이 아닌가 하는 착각에 빠졌다.

가장 먼저 이성을 되찾은 운정이 물었다.

"그럼 향검께선 이곳에 어찌 오시게 된 겁니까?"

나지오는 방긋 웃더니 말했다.

"내 행적을 물을 배분이 아닐 텐데? 안 그래?"

"……."

확실히 나지오는 전처럼 운정을 대하지 않았다. 요괴들과 직접 함께 있는 것을 보았으니, 사실 그럴 만도 했다. 운정은 겸허히 나지오의 말을 기다렸고, 나지오는 어깨를 들썩이더니 가벼운 어투로 말했다.

"뭐, 그래도 알려는 줄게. 인연도 있고 하니. 우선 낙양을 향해 가다가, 오 일 전쯤인가? 흑도 쪽의 연락을 받았어. 무당산에 이계의 무리들이 있다고 말이지. 또 막 복귀한 한근농의 이야기도 있었고. 그래서 확인할 겸, 쳐부술 겸 온 거야. 간단하지."

"그럼 저 마법사들이 왜 이곳에 왔는지 모르십니까?"

"몰라, 다 죽어 버려서."

"몇몇은 생포했으면 좋았을 겁니다."

"동시에 검기로 공격했거든? 적당히 말이야. 저놈들 눈빛으로 검기를 없애잖아. 설마 그 정도 공격에 다 죽어 버릴 줄은 몰랐어. 무언가에 집중하고 있어서 그런 것 같은데, 하여간 웃긴 노릇이지. 저번엔 지들이 주문 하나로 고수를 죽이더니, 이번엔 검기 하나에 맥을 못 추고 죽어 버리니."

"……."

나지오는 침묵을 지키는 운정을 위아래로 훑어보고는 말했다.

"내력은 없는 것 같네?"

운정이 말했다.

"조금도 남아 있지 않습니다."

"아껴 보겠다며?"

"친우의 일이라 그럴 수 없었습니다."

나지오는 하늘 위, 정확히 붉은 빛이 있었던 방향을 가리키며 말했다.

"그 사이한 적월(赤月)을 떨어뜨린 게 너지? 그거 때문에 내력을 다 쓴 거야?"

"예."

"그건 단순한 검강이 아니었어. 검리(劍理)였어."

"예?"

"검리, 아니, 그렇게 부르는 놈이 있는데 하여간 검강을 넘어선 거야. 너, 그거 어떻게 한 거야? 정말 입신이냐? 그런 놈이 왜 내력이 없어?"

운정은 태연하게 대답했다.

"검리라는 건 무당파의 무학엔 없는 것이라 이해하지 못하겠습니다. 또 저는 입신(入神)에 든 것이 아니라 입선(入仙)에 든 것입니다. 신선이 되기 위해선 아직 수련할 것이 많이 남았습니다."

"그게 또 뭔 소리야? 선하고 신이 뭐가 다른……. 아, 됐다. 시작도 하지 마."

막 지식을 토해 내려던 운정을 보며 나지오는 질린다는 듯 말했다. 그는 곧 매화검수들에게 말했다.

"둘 다 일단 좀 씻겨. 저쪽으로 가면 강이 있으니까. 그들을 호위 및 감시하고."

정채린은 포권을 취하더니 물었다.

"숙부님께서는?"

나지오가 대답했다.

"이계인들은 모두 죽은 것 같지만 사이한 기운은 그대로야. 뭔지 모르겠지만, 그 사이한 기운의 중심을 확인해 보아야겠어."

"혹시 위험할 수 있으니, 저희가 동행하겠습니다."

"그보다는 이놈들부터 챙겨. 나도 적당히 보고 빠질 거니까, 너희들을 주렁주렁 달고 가면 오히려 방해만 돼."

"……."

"그럼 난 간다. 나 올 때까지 어디 못 가게 해. 신출귀몰한 놈들이니 무슨 수를 써서 빠져나갈 수도 있어. 한순간도 눈을 떼지 마라."

나지오는 그렇게 말한 뒤에, 훌쩍 경공을 펼쳐 한쪽으로 사라졌다.

정채린은 그런 그를 보다가 곧 시선을 돌려 운정을 보았다.

운정은 맑게 웃으며 인사했다.

"오랜만입니다, 정 소저."

"……."

정채린은 자기 머리를 짚으며 퍼뜩 정신을 차렸다.

언제 봐도 정말 잘생겼다.

* * *

중원의 모든 산 중 가장 정순한 기운을 내포한 무당산.

오악에서 생성되는 정기가 천지간의 흐름에 따라 가장 많이 모여드는 곳이다.

때문에 하늘의 기운과 땅의 기운이 가득하여 사시사철 운무에 휩싸여 현악이라고도 불리운다.

하지만 지금은 현묘함은커녕, 어느 산에도 있는 상쾌함조차 느낄 수 없었다.

"이 정도면 이름 없는 동네 뒷산보다 더해. 눈으로 보고 있는데도 믿기지가 않는군."

나무 위를, 바위 위를, 풀 위를, 강물 위를, 선으로밖에 보이지 않는 빠른 속도로 내달리는 나지오는 염려스러운 어투로 짧게 독백했다.

처음 그가 무당산에 왔을 때, 그 현묘함에 정신이 압도되어 한동안 멍하니 산맥을 바라봤던 기억이 있었다.

아무 산봉우리에 틀어박혀서 내공을 익히면, 아무리 탁한 내공심법을 익혀도 주화입마에 빠지지 않을 것이고, 아무리 정순한 내공심법을 익혀도 빠르게 내력을 쌓으리라 생각했었다.

산맥 전역에 퍼진 정기의 풍부함과 순수함은 중원의 어떤 산도 따라갈 수 없는 수준이었다.

하지만 지금은 그 모든 것이 사라져, 일반 시장 거리보다 못했다. 이 정도면 차라리 생명의 기운이 전혀 없는 사막 한복판에 있다 해도 과언이 아니다.

푸른 숲과 맑은 하늘 등 눈으로만 보이는 광경에는 아무런 차이도 없었지만, 기감으로 느껴지는 무당산은 도저히 이해가 가질 않을 정도로 정기의 고갈이 심각했다.

나지오는 높은 나무 위에 잠시 멈춰 서서 밤하늘을 올려다보았다.

도저히 자연적이라 할 수 없는 복잡한 기의 흐름. 갖가지 도형으로 이루어진 그 기의 흐름은 분명 하나의 방향성을 가지고 있었다.

나지오는 눈을 감고 입신의 기감을 확장했다. 그렇게 한참을 느끼니 그 기이한 기의 흐름이 무당산 주변의 기운을 모조리 빨아들이고 있다는 것을 느꼈다.

마치 빠른 속도의 소용돌이가 주변 강물을 마구잡이로 끌어

들이는 것과 같은 이치였다.

그는 자신의 몸속에 가두어진 내력을 조금 자연에 풀어냈다.

내외의 구분이 없고 소우주와 대우주의 합일을 이룬 나지오에게 그것은 조금도 어려운 일이 아니었다.

그는 자신의 내력이 흩어지고 흐르고 또 모아지는 것을 바탕으로 다시금 방향을 잡았다.

"하늘에 기류로 펼쳐진 진법이라니……. 진법의 기본은 모든 것을 밝히는 하늘을 피하는 것. 그러나 이 진법은 오히려 하늘을 이용하여 기류를 생성하고 있다. 중원에는 있지도, 있을 수도 없는 진법. 이계의 것이 확실하군."

나무 위에 있던 나지오의 신형이 사라짐과 동시에 그 나무가 뿌리째 뽑혀 한쪽으로 기울어졌다.

쿵. 쿵. 쿵.

굉음과 함께 나무를 박차고 움직이는 나지오는 자연에 풀어놓은 자신의 내력을 끊임없이 추적하며 그것이 그리는 선대로 따라 움직였다.

때로는 부드럽게 흐르다가 때로는 직각으로 꺾이기도 하고 때로는 한 자리에서 뱅글뱅글 돌기도 했지만, 나지오는 포기하지 않고 끝까지 자신의 내력을 따라 움직였다.

처음 이상함을 느낀 것은 대략 일각 정도 지났을 무렵이었다.

한 자리에서 빙글빙글, 다른 자리에서 빙글빙글, 그리고 또다시 같은 자리로 돌아와 빙글거리기를 다섯 번째 반복했을 때, 밤하늘의 색이 묘하게 보랏빛으로 변한 것이 보였다.

분명히 있어야 할 달은 온데간데없고, 은은하게 퍼져 있는 자색의 빛 무리가 세상을 겨우 밝히고 있었다.

그 변화가 너무나 미묘하여 나지오는 자기가 언제 이런 이상한 세계에 들어왔는지 알지 못했다.

그는 계속해서 자신의 내력을 추적했다.

조금만 지체해도 거의 흔적을 남기지 않고 주변 기운과 동화해 버리는 터라 그는 조금도 쉴 수 없었다.

환경이 조금씩 어색하게 바뀌는 것을 느꼈지만 그는 그보다 자신의 내력을 쫓는 데 급급했기에 정확히 어떻게 주변이 변하는지 제대로 인지하지 못했다.

"저기로군."

하늘에서만 이리저리 맴돌던 내력이 한순간 추락하며 땅으로 떨어지는 것을 느낀 나지오가 짧게 독백했다.

그곳은 산으로 빙 둘러싸인 골짜기로, 나지오가 산봉우리 하나에 올라서 내려다보니, 그곳의 중심에서 사이하기 짝이 없는 보랏빛이 하늘로 뿜어지고 있었다.

이제 보니, 하늘에 퍼진 은은한 보랏빛은 그 빛의 반사광에 불과한 것이었다.

나지오는 그의 분신인 태극지혈 두 자루를 꺼내 손에 들었다. 그리고 천천히 그 중심을 향해 다가갔다.

그는 끝까지 기감을 이용하여 사방을 경계했지만, 끝까지 적을 마주하는 일은 없었다.

중심에는 둥그런 반월 모양의 거대한 거울이 있었다.

볼록한 그 거울은 황금빛이 나는 기둥에 의해서 세워져 있었는데, 그 기둥은 초승달처럼 휘어져 있었다. 그리고 거울이 그 속에서 회전하며 강렬한 보랏빛을 내보냈다.

황금 기둥 곁에선 한 사람이 서 있었다. 그 사람은 바닥에 질질 끌리는 긴 망토를 입고 있었는데, 그 망토가 머리까지 이어져 마치 자루를 뒤집어쓰고 있는 듯했다.

특이한 점은 그 머리부근에 양쪽으로 두 구멍이 나 있어, 그 구멍을 통해 사람의 손바닥보다 긴 것 같은 두 귀를 내밀고 있었다는 점이다.

나지오가 씨익 웃더니 크게 말했다.

"어이."

그 말이 울리자, 망토 속의 인물이 나지오를 돌아보았다.

나지오는 그 모습을 보더니 경악한 표정을 지었다. 웃음기가 완전히 사라지고, 당황한 표정이 가득해졌다.

"하, 할망구? 어, 어떻게?"

망토 속의 사람은 다름 아닌 여인, 그것도 요괴였다. 다만 나지오의 말과는 다르게, 매우 젊은 여인으로 한눈에 보고도 마음을 송두리째 빼앗길 수밖에 없는 미모를 자랑했다.

다만 그런 그녀를 바라보는 나지오의 눈빛은 아름다운 여인이 아니라 지옥의 악마라도 보는 듯했다.

그 여요괴는 눈을 날카롭게 뜨더니, 말했다.

"Loof. Uoy ev'dluohs deshubma."

그녀는 황금 기둥을 양손으로 붙잡고는 살짝 몸을 뛰었다. 그러자, 황금 기둥이 원반 거울을 중심으로 쭉 돌아, 나지오가 서 있는 방향에 정반대로 가서 멈췄다.

여요괴와 원반 거울 그리고 나지오가 일렬로 되자, 여요괴는 눈을 감고 작게 중얼거렸다. 그러자 원반 거울에서 강렬한 보랏빛이 쏟아져 나와, 나지오를 순식간에 삼켰다.

나지오는 이상한 낌새를 느끼자마자 보법으로 그 보랏빛에서 탈출하려 했다.

하지만 아무리 입신의 몸이라 할지라도 빛보다 빠를 순 없었다. 나지오의 몸은 순식간에 그 강렬한 보랏빛에 삼켜졌다.

그렇게 원반 거울에서 상당히 오랜 시간 동안 보랏빛이 뿜어졌다.

얼마나 지났을까? 갑자기 굉음이 원반 거울에서부터 터져나가 세상을 진동시키더니, 보랏빛이 완전히 꺼지면서 세상이 암흑으로 가득 차게 되었다.

황금 기둥을 붙들고 있던 여요괴는 즉시 양손을 뗐다. 그러자 완전히 탈진하여 땅에 쓰러졌다.

그 여요괴는 겨우 숨을 들이마시며 원반 거울을 올려다보았는데, 원반 거울은 번개를 맞은 것처럼 쩍 갈라져 있었다.

여요괴는 나지막하게 중얼거렸다.

"Ti t'nac eb……."

보랏빛이 사라지고, 밤의 어둠이 그 이상한 세계에 깃들기 시작했다. 별도 달도 보이지 않던 하늘은 어느새 청명해져 하늘을 별빛과 달빛으로 가득 메웠다.

여요괴는 하늘을 올려다보고 마법진이 깨진 것을 알아차렸다.

그녀는 다시 깨진 원반 거울을 일그러진 표정으로 보곤, 혹시나 하여 앞으로 시선을 옮겼다.

다시 현실이 된 그곳에서 나지오의 모습은 어디에서도 찾을 수 없었다.

第八章

"그럼 이동하죠. 저희 말에 따르리라 믿습니다."

정채린의 말에 모두들 진기를 끌어 올리는데, 운정은 난처한 듯 머리를 긁적이며 말했다.

"그… 내력이 없어서 경공을 펼치지 못합니다."

"아, 그러시죠? 흐음, 그러나 그렇다고 이런 곳에서 지체할 수는 없습니다. 누가 저들을 들어 줄 사람 없니?"

운정은 시체를 엮어 만든 패밀리어가 폭발하며 그 썩은 몸속에 든 핏물과 시체덩이를 정면에서 맞았었다.

손으로 대강 털기는 했지만 아직도 몸 이곳저곳에는 정체를 알 수 없는 건더기들이 묻어 있었고, 코를 부여잡게 만드는 고약한 냄새를 사정없이 풍기고 있었다.

매화검수들은 그들의 몸에 그 누구도 손을 대고 싶지 않아, 서로 눈치만 살폈다.

그때 한근농이 말했다.

"저 요괴는 경공과 비슷한 기술이 있을 겁니다. 하지만 문제는 운정 도사군요. 그래도 인연이라고 정 사저께서 하시는 건 어떻습니까?"

정채린은 운정을 살짝 돌아보았다.

운정은 살포시 미소를 지었지만, 그녀는 얼음장처럼 차가운 얼굴에는 아무런 변화가 없었다.

민망해진 운정의 미소가 옅어지자, 그녀는 한쪽 입꼬리를 살짝 올리더니, 툭하게 말했다.

"청아가 하는 건 어떠니? 왜 열흘 동안 도사님과 가장 친하게 지냈잖아?"

그 말을 들은 소청아의 얼굴이 살짝 굳었다.

그녀는 애써 운정을 바라보지 않으며 대답했다.

"시, 싫어요. 악취가 너무 고약하다고요. 뭣하면 사저가 하세요."

"지금 우린 전장에 있어. 이끌어야 하는 입장인 내가 그런 일을 할 수는 없잖니?"

"하, 하여간 전 못 해요."

그렇게 말한 소청아는 몸까지 운정에게서 획 돌려 보였다.

정채린은 살짝 고민하는 표정으로 매화검수들을 바라보았고, 모두들 그녀의 시선을 피해 딴청을 피웠다.

운정은 태어나서 처음 느껴 보는 감정에 당황해 아무런 말도 할 수 없었다.

몸속 깊은 곳에서부터 솟구쳐 오르는 그 감정이 정확히 무엇인지 알 수 없어 더욱 그것에 지배를 당했다.

입이 자꾸만 말라 침을 삼켰고, 양손은 피가 통하지 않을 만큼 꽉 주먹을 쥐었다.

언제나 자신감으로 쫙 펴진 그의 어깨는 좁아졌고, 당당함으로 가득 찬 눈동자는 이리저리 쉴 새 없이 움직였다.

그는 소청아와 정채린을 번갈아 보다가 이내 초조한 목소리로 말했다.

"그, 그렇다면 저를 옮기신 분께서 강에서 함께 씻으시면 되는 거 아닙니까, 하하."

너털웃음을 들은 소청아와 정채린인 동시에 아미가 살짝 찌푸려졌다.

정채린이 비난을 섞은 어조로 되물었다.

"그게 무슨 뜻입니까, 도사님?"

즉시 소청아가 조금은 높아진 어조로 뒤를 이었다.

"이런 야밤에 남녀가 함께 씻자는 건가요? 운정 도사님, 그렇게 안 봤는데 생각보다 엉큼하시네요."

당황함이 한층 가중된 운정이 양손을 펼치며 말을 더듬었다.

"아, 아니 그런 뜻이 아니라 어차피 이런 겉면의 더러움이야 물로 씻어 버림 그만이니 그리 고민하실 필요가 없다는 뜻입니다. 그리고 제가 또 언제 여성분들에게만 부탁했습니까? 남자가 저를 들고 가면 되는 것 아닙니까?"

더듬어서 시작한 말투가 큰 소리로 끝이 났다.

"……."

"……."

정채린과 소청아는 진땀을 흘리는 운정을 바라보며 말을 아꼈다.

운정의 말은 크게 틀린 것이 없었기에 그들은 운정의 말에 대답하지 못한 것이다.

하지만 운정을 바라보는 그들의 눈빛은 전과는 상당히 달라졌다.

입으론 아무런 말도 하지 않았지만, 눈으로는 수많은 말을 하고 있었던 것이다.

운정은 그녀들의 마음속에서 일어나는 변화를 어느 정도 눈치챌 수 있었다.

실망인가?

나지오의 앞에선 그를 적극적으로 변호했다. 하지만 이젠 그의 몸이 더럽다고 들어주지도 않겠다 한다.

힘을 잃었으니, 상대할 가치가 없다는 건가?

운정이 소리를 치려는데, 그 순간 그의 정신을 맑게 하는 향기가 그의 콧속에 찔러 들어왔다.

코를 뻥 뚫어 버릴 듯한 상쾌함은 뇌 속 깊은 곳까지 파고들었고, 쿵쾅거리는 심장을 진정시키며 그의 분노를 완전히 앗아

갔다.

"Xaler."

운정의 얼굴을 양손으로 잡은 여요괴는 그 현묘한 두 눈으로 운정을 똑바로 바라보았다.

운정은 서서히 손을 들어 올려, 그녀의 손에 자신의 손을 포갰다. 오물로 뒤덮인 그 손길은 따뜻했다.

여요괴는 그의 한손을 붙잡고는 뒤를 돌아 정채린을 보았다.

"Ew nac nur rehtegot."

정채린은 당연히 그 말을 못 알아들었고, 여요괴는 손가락으로 한쪽 방향을 가리키고 자신의 양발을 가리키더니, 운정에게 말했다.

"S'tel og."

그것이 운정이 아는 말이었다. 같이 가자는 말이다.

여요괴의 몸이 살짝 공중에 띄어졌고, 동시에 운정의 몸 또한 같이 띄어졌다.

그 신비로운 모습에 다들 넋을 놓았는데, 순식간에 그들의 몸이 한쪽 방향으로 빠르게 움직이기 시작했다.

"도, 도주한다! 잡아!"

한근농은 가장 먼저 반응하여 빠르게 경공을 펼쳐 그들을 추적했다.

그의 외침 뒤로 정채린을 비롯한 모든 매화검수들도 정신을 차리고 경공을 펼쳤는데, 운정과 여요괴의 속도가 그리 빠르지 않았기에 곧 그들을 따라잡을 수 있었다.

결국 한근농은 앞서 나가는 운정의 뒷머리를 붙잡게 되었다.
그는 내력을 다해 운정을 그대로 땅에 내팽개쳤다.
운정은 내력이 없어 저항하지 못하고 그대로 땅에 꼬꾸라졌다.
땅에 그의 몸이 닿는 순간 그와 여요괴의 속도가 한순간에 급감했다.
한근농을 포함한 매화검수들은 경공을 급히 거뒀지만, 그 자리에 정지해 버린 운정과 여요괴보다는 한참을 앞서 나가게 되었다.
그들이 왔던 길로 다시 빠르게 돌아왔다. 그중 가장 먼저 도착한 한근농은 매화검을 뽑아 운정을 향하며 큰 소리로 외쳤다.
"네 이놈! 어디서 도주를 하려고! 네가 변 사형을 죽인 것을 네 스스로 증명한 꼴이다. 그러니 내 살검을 받고도 후회하지 마라!"
그의 말에 담긴 살기는 상당하여 당장 운정의 머리를 향해 검을 출수해도 모자랄 지경이었다.
그의 검 끝이 부들거리며 떨리고 있었는데, 인내심이 한계에 달해 가까스로 참고 있는 듯했다.
운정에게 서둘러 다가온 정채린은 그의 검에 손을 가져가며 한근농의 눈치를 살폈다.
그의 눈은 분노로 가득했지만, 완전히 이성을 잃지는 않은 듯 보였다.

정채린은 천천히 그의 검을 잡아 아래로 내리면서 그를 타일렀다.

“변후 사제의 일로 네가 화가 난 것은 알겠어. 하지만, 저들은 도주하려는 게 아니야.”

변후는 정채린을 죽일 듯 노려보며 말했다.

“그럼 뭡니까!”

“저 여요괴가 자신이 운정 도사와 같이 뛸 수 있다고 보여준 것뿐이야.”

“……”

말은 안했지만, 한근농은 씨익거리며 분노를 삭혀 냈다. 참다 참다 터진 분노인 만큼 쉽게 사그라들지 않는지, 한근농은 끝까지 매화검을 손에서 놓지 않았다.

정채린은 매화검수가 모두 다 따라온 것을 확인하고는 한근농에게 말했다.

“변후가 혼자 있어.”

“……”

한근농의 눈동자가 확장되는 것을 본 정채린이 부드럽게 말을 이었다.

“잠깐 같이 있어 줘. 못다 한 이야기도 마저 하고.”

그 말을 들은 한근농의 숨은 점차 잦아들었다. 그는 왼손으로 코를 몇 번 비비더니 말했다.

“사저는 좋겠습니다. 그리 냉정할 수 있어서.”

“그래서 내가 단장인 거야. 네가 부단장이고.”

"……."

"알아들었으면, 변후에게 가. 그와 다 이야기하면 그를 대리고 우리 쪽으로 와."

한근농은 꽤 오랫동안 정채린을 마주 보았다. 정채린도 지지 않고 그를 응시했다.

결국 한근농은 고개를 끄덕였다.

그는 떠나기 전, 운정과 여요괴를 한 번씩 보더니 곧 발길을 돌려 빠르게 사라졌다.

땅에서 일어난 운정은 자신의 옷을 털면서 웃음을 지었다.

"어차피 더러워서 그런지 흙먼지를 뒤집어써도 딱히 변하는 게 없습니다, 하하."

정채린은 아무런 말도 하지 않고 앞장서 경공을 펼쳤고, 소청아가 그를 지나며 툭하니 한마디 했다.

"성격도 참 좋으시네요."

"……."

운정은 다시금 느껴지는 민망함에 쓴웃음을 지었다.

그는 그가 느끼는 감정의 정체를 알 수 있었다.

무력감.

그러자 그로부터 또 다른 감정들이 파생되어 가는 것을 느꼈다.

이 기분을 떨쳐 버리고 싶다.

인정을 받고 싶다.

또한 검은 의문들도 뒷머리에서부터 기어올라 왔다.

겉만 화려한 사람이 된 것인가?

내력을 되찾아도 이런 대접을 받을 것인가?

정채린과 소청아가 먼저 경공을 펼쳐 움직였지만, 운정이 움직이지 않자 매화검수들은 중간에 끼어 갈피를 잡지 못했다.

몇몇은 즉시 따라 나섰지만, 몇몇은 남아 운정과 여요괴를 지켜보았다.

그러다가 하나둘씩 경공을 펼쳐 순차적으로 자리를 떴는데, 그들이 운정을 바라보는 마지막 표정은 정확히 두 가지로 축약되었다.

연민과 괄시.

운정은 자신의 숨이 흐트러지는 것을 느꼈다. 그리고 지금껏 결단코 단 한 번도 느낀 적이 없는 감정을 느꼈다.

분노.

무엇을 혹은 누구를 향한 것인지 알 수 없었지만, 분명 그는 분노하고 있었다.

여요괴는 그런 그의 손을 살포시 잡은 뒤에 말했다.

"S'tel og."

그녀의 눈동자엔 안타까움이 있었으나 연민은 없었다.

감정을 추스른 운정은 고개를 끄덕였고, 여요괴를 따라 다시금 빠르게 걷기 시작했다.

그는 여요괴와 함께 빠르게 걷는 그 경공이 카이랄이 그에게 나누어 주었던 숲의 축복이라고 하는 것과 동일하다는 것을 깨달았다.

한 발자국, 한 발자국 내딛는 걸음. 그 걸음 자체는 경공을 전혀 펼치지 않고 걷는 것과 전혀 다른 것이 없는데도 불구하고 땅과 주변 환경은 그들을 빠르게 마중 나와 결과적으론 엄청난 속도로 걷는 것처럼 되었다.

운정은 슬며시 여요괴를 돌아보았다. 여요괴는 그의 시선을 느끼곤 그를 마주 보더니 미소 지었다.

운정은 깊은 눈동자로 그녀의 안색을 살폈다.

눈동자나 피부 그리고 입술 등 가장 작은 것까지 낱낱이 보았으나, 어떠한 종류의 기의 흐름도 읽을 수 없었다.

그녀는 이런 엄청난 경공을 자기뿐 아니라 운정까지 데리고 펼치는데도 불구하고, 전혀 기를 사용하지 않는 것이다.

축복이라… 대체 어떤 무공이기에 내력의 소모가 없는 것일까?

완벽하게 순수한 건기를 다루는 것을 보면 혹시 그녀는 사람의 수준을 아득히 뛰어넘는 고수가 아닌가 하는 생각까지 든다. 하지만 그렇다면 왜 이런 수모를 그대로 당하고 있는가?

석연찮은 부분들이 많다.

"Uoy era os lufituaeb. Erom naht elves. Era uoy yllaer a namuh?"

옥구슬이 은쟁반에 굴러가는 소리.

운정은 그 소리를 들은 적이 없었지만, 분명 그와 비슷하리라 생각했다.

"이계의 말을 더 배우고 싶어졌습니다. 궁금한 것이 참으로 많습니다."

여요괴는 조금 더 깊은 미소를 지었다.

"I hsiw ew nac etacinummoc."

마지막 단어.

그것이 대화를 뜻한다는 것을 아는 운정은 드디어 아는 것이 나와 조금은 기뻐졌다.

"전처럼 하나씩 배워 보죠."

운정은 자신의 오른손으로 왼손으로 가리켰다.

그러자 여요괴는 의문을 담은 표정을 했고, 운정이 맑은 표정을 지으며 말했다.

"손."

여요괴는 다시 그를 올려다보았고, 운정이 다시 말했다.

"손."

여요괴는 살짝 웃더니 곧 운정의 입모양을 따라 하며 말했다.

"스-언."

"손. 소, 온."

"소-언?"

"은."

"은."

"소은."

"소-은?"

"맞습니다. 다시 해 봐요. 손."

"스—언."

"하핫"

운정은 열흘간 그녀와 함께했던 즐거웠던 시간이 생각났다.

그때는 왜 이리 즐거운 것을 즐겁다고 생각하지 못했는가?

여요괴가 그때 자기 자신을 가리켰다.

"Sil'Qin."

운정이 따라 말했다.

"실, 귀인?"

여요괴가 살짝 미소를 지으며 운정을 가리켰다.

"우운, 저엉."

그리고 자신을 가리키다 말을 이었다.

"Sil'Qin."

운정은 그것이 그녀의 이름을 뜻한다는 걸 알아챘다.

"실, 귀인."

여요괴는 다시 말했다.

"시."

운정이 대답했다.

"시."

여요괴가 말했다.

"르."

운정이 대답했다.

"르."
여요괴가 말했다.
"퀸."
운정이 대답했다.
"귀인."
여요괴는 웃어 버렸다.

*　　*　　*

"운정 도사님, 제가 양보할게요."
앞서 나가던 정채린은 뒤에서 들리는 높은 어조의 말에 입술을 꽉 물었다.
그녀는 참을 수 없는 구토가 올라오듯, 화가 치밀어 오르는 것을 느꼈다.
인내심을 한계까지 동원하여 가까스로 참은 그녀는 다행히 어떠한 감정도 드러나지 않는 대답을 할 수 있었다.
"네가 이렇게 나왔으니, 솔직히 대화해 보자. 내가 아는 것만 세 명이야."
"뭐가요?"
"너와 정을 통하는 사내가."
이번엔 소청아가 입술을 살짝 깨물었다.
그녀는 대수롭지 않다는 듯 연기하며 말했다.
"아. 그분들이야 그냥 친우 같은 거예요. 딱히 정을 통하거나

하는 건 아닌데, 사저가 너무 보수적이라 사저에겐 그렇게 보일 수 있겠네요."

"남녀 간에 친우라고?"

정채린은 말 속에서 혐오감을 마저 다 지우지 못했다. 소청아는 소리 없이 피식 웃으며 말했다.

"예. 남녀 간이라고 친우가 될 수 없는 건 아니죠. 항상 생각하는 거지만, 사저는 너무 고지식해요. 사저랑 술 한잔해 보길 소원하는 사내가 얼마나 많은데, 그조차도 다 거부하시잖아요. 그러니 남정네들 속에서 정이 들끓어서 해소가 안 되잖아요. 뭐, 그런 경우 제가 같이 마셔 주지만."

"잘도 그런 말을 하네. 자존심도 없니?"

"자존심 내세우면 좋은 남자 못 만나요. 사저가 눈길도 안 주던 사내 중에는 그래도 꽤 괜찮은 사람들도 많았단 말이죠. 여자랑 못 해 봐서 안달난 줄 알았던 놈들도 의외로 같이 술을 마셔보면 점잖은 경우도 있고, 끝까지 배려도 잘하는 사람도 있어요. 물론 겉보기엔 너무 잘생겼지만, 속은 볼품없는 운정 도사님 같은 경우도 많고. 사람은 겪어 봐야 아는 법이라고요."

"그래. 너나 많이 만나렴."

"어멋, 말투가 바뀌셨네?"

"……."

정채린은 그냥 입을 다물어 버렸다.

소청아는 그녀의 옆까지 경공을 펼치곤 그녀 옆에 서서 말했다.

"이렇게 먼저 가 버리면 저들이 도망가지 않을까요? 사령님 말도 있……."

정채린은 말을 잘랐다.

"걱정 마, 도사님은 그럴 분 아니니까. 너야말로 그렇게 말했었잖아. 운정 도사님은 그럴 분이 아니라고."

"이젠 비꼬기까지 하시네요?"

"나도 사람이야."

"그리고 여자죠. 알아요."

"……."

말없는 정채린을 슬쩍 올려다본 소청아가 앞을 보곤 말했다.

"제가 질투 나시죠?"

"내가?"

"네."

"자기를 과대평가하는구나. 부디 무공에는 그러지 마렴. 생명이 위험하니까."

소청아는 편안한 말투로 말했다.

"아뇨. 제가 사저만큼 아름답지 않다는 건 누구보다 잘 알아요."

"……."

정채린은 의외라는 눈으로 소청아를 돌아보았다.

소청아는 아득히 멀리 바라보는 두 눈으로 앞을 응시하고 있었다.

"정 사저는 화장 하나 안 해도 화산파에 있는 여인 중 누구보다 아름다우시죠. 저는 매일 밤 피부를 관리하고 아침에 누구보다 일찍 일어나서 화장을 하고… 그렇게 오랜 공을 들여서야 그나마 미인 소리를 듣죠. 그것도 솔직히 제 성격이 활발하고 잘 웃고 하니까 듣는 거고. 그래도 겨우 세안 한 번 했을 뿐인 정 사저 옆에 있으면 빛이 안 나죠."

"……."

"그럼에도 불구하고 남자들은 결국 절 좋아해요. 한눈에 정 사저에게 반해 버리지만 다들 결국 제 매력에 빠지죠. 솔직히 운정 도사님만 해도 나를 더 좋아할걸요? 사저도 아시겠지만. 그래서 참지 못하고 고백한 거 아니에요? 뺏길까 봐."

소청아는 정채린이 또 어떻게 분노를 참아 낼까 구경하기 위해서 그녀를 슬쩍 보았다.

하지만 정채린은 분노를 참아 내고 있기는커녕 오히려 진중한 목소리로 순순히 소청아의 말을 인정했다.

"응. 맞아. 아니라고 할 수 없지."

"……."

"……."

항상 미묘한 신경전으로 거리를 두던 둘이 이토록 솔직하게 대화한 것은 이번이 처음이었다.

때문에 둘은 미묘한 기분에 사로잡혔다. 뭔가 부끄럽기도 하고 시원하기도 하니, 서로 할 말을 찾기 힘들었다.

때문에 소청아가 전부터 묻고 싶은 것을 물었다.

"제가 적극적인 게 천하다 생각하세요?"

정채린이 순순히 고개를 끄덕였다.

"응. 하지만 이제 보니, 내가 널 질투하고 있기에 그런 생각을 했었네."

"……."

"너는 어때? 내가 부럽니?"

소청아는 코웃음을 치더니 말했다.

"세상 어느 여인이 화산의 검봉(劍鳳)을 안 부러워하겠어요? 미모로도 중원제일을 다툴 만하고 무공으로도 남자 후기지수들에게 뒤지지 않죠. 눈빛 하나로 남자들을 홀리면서 남자들의 관심을 얻기 위한 행동을 조금도 하지 않으니, 부럽기 그지없어요."

"그렇구나."

정채린의 말에는 묘한 허무감이 겉돌았다.

소청아가 말했다.

"어쨌든 제가 하고 싶은 말은 그거예요. 더 이상 운정 도사한테 추파 안 던질 테니까, 잘해 보시라고요."

정채린이 말했다.

"이유를 물어봐도 될까?"

본래라면 절대 대답하지 않았을 것이다.

하지만 소청아는 이상하게 솔직해지는 마음에 진심을 털어놓았다.

"남자 보는 눈으론 중원제일이에요. 운정 도사는 정말 잘생겼지만, 그 속은 정말 형편없어요."

"어떤 면에서?"

"남자는 딱 두 가지면 보면 돼요. 힘이 있을 때와 힘이 없을 때."

"……."

"힘이 있을 땐 누구보다도 빛났지만, 힘이 없는 운정 도사는 속이 좁디좁은 어린아이와 같아요. 아마 역경이라고는 조금도 모르는 사람이죠. 게다가 우리가 자기한테 실망한 이유가 단순히 힘이 없어져서라고 생각하고 있어요. 얼마나 단순한 사람인지 전적으로 보여 주죠. 날 뭘로 보고……."

정채린이 되물었다.

"그의 생각을 너무 확정 짓는 거 아니니?"

소청하가 다시금 코웃음 쳤다.

"사내는 표정과 눈빛만 봐도 알아요. 딱 그 생각이었어. 찌질하긴."

"……."

"솔직히 말하면 사저가 데려가 버렸으면 좋겠다는 생각을 하고 말을 건 거예요. 하지만, 이렇게 속내를 다 털어놓을 줄은 몰랐네요. 일단은 말해 둘게요. 사저도 웬만하면 마음 접어요. 사내를 많이 못 만나 보셔서 그런데, 사내는 정말로 얼굴이나 능력이 다가 아니니까."

"……."

정채린은 꽤 오랫동안 말이 없었다. 때문에 소청아가 그녀를 돌아보았는데, 정채린의 양쪽 입꼬리에는 작은 미소가 걸쳐 있었다.

소청아가 말했다.

"여전히 그를 좋아하실 건가요? 혹 제가 수작을 부리는 거라고 생각하시면, 그런 거 아니니까, 걱정 마세요."

정채린은 고개를 살짝 돌렸다.

"전혀 그런 생각 안 했어."

"그럼?"

"청아의 말대로 운정 도사님은 역경을 전혀 모르는 어린아이와 같다면 말이야… 그 상황에 그런 행동과 생각을 보이는 건 당연한 거 아니겠어?"

"예?"

"처음 역경을 겪는 사람에게 성숙한 면모를 기대하는 거가 너무하는 게 아닐까 싶어."

"그야……."

"역경이 없던 것이 그의 잘못이겠어? 뛰어난 오성으로 인해서 너무 강한 채로 무림에 출도했기 때문이니, 그의 잘못이라 할 수 없지."

"……."

"사내를 보는 눈이 중원제일이라고 자신하는 건 이해하지만, 그래도 그걸 믿고 그렇게 섣불리 판단하는 건 좋지 못하다고 봐. 사람은 복잡하지. 오래 봐야 한다고 했어, 스승님이."

"남자는 단순해요. 정말로. 혹시 앞으로 다른 면이 보일까 기대하지 마세요. 그건 연모하는 마음이 만드는 환상이에요.

그것에 저도 많이 농락당했죠. 하지만 결국 사람은 안 변해요."
"적어도 그렇게 말하는 사람들은 안 변하긴 하더라."
소청아의 아미가 살짝 구부러졌다. 그녀는 곧 새침한 목소리로 말했다.
"됐어요. 뭐, 사저를 생각해서 해 준 말인데 여전히 마음을 간직하겠다면야 사저 맘이죠. 그럼, 전 빠질 테니까 둘이서 잘 해 봐요."
"충고 하나 더해도 될까? 일단은 내가 언니니까."
정채린은 살짝 당황한 소청아를 돌아보며 말을 이었다.
"지금 네가 만나 보고 있는 세 명. 다 별로야. 네 미모가 너무 아까워."
"네?"
"속도 중요하지만 겉도 중요하지. 어쨌든 눈에 보이는 건 겉이니까."
"……."
"너무 못생겼어, 셋 다."
작은 복수에 성공한 정채린은 희미한 미소를 지었고, 당했다는 생각이 든 소청아는 굳은 표정을 지었다.

*　　　*　　　*

"후우… 후우……."
한근농은 막 보이는 변후의 시신에 다가가며 속도를 줄였다.

그는 변후의 시선을 한참 내려다보다, 가까이 다가가 얼굴을 보았다.

핏줄이란 핏줄은 모두 터져 있고, 근골도 뒤틀려 있다. 점혈을 했음에도 억지로 몸을 움직이려 한 결과가 몸 곳곳에 그대로 드러나고 있었다.

그는 변후의 상의를 벗겨 상체를 보았다.

이곳저곳 썩어 들어간 피부.

절대로 방금 죽은 사람의 것이 아니었다.

한근농은 그의 옆에 살짝 주저앉으며 작게 독백했다.

"정녕 운 형의 말이 맞는 건가. 젠장. 향검 어르신 앞에서 그런 어리석은 꼴을 보이다니. 아무리 감정이 치솟아 올랐다고 해도… 게다가 정 사저는 또 나를 어린애로 생각했겠지? 하아, 젠장. 되는 일이 없네."

그는 자신의 이마에 손을 가져갔다. 그러곤 그의 앞머리를 마구잡이로 흩뜨려 놓기 시작했다.

그의 두 눈에서 작은 눈물 두 줄기가 흘러나왔다.

"변 사형, 변 사형. 뭐 어떻게 하다 이리 죽었어? 응? 말이라도 좀 해 봐. 진짜. 내가 죽인 거야? 그런 거야? 내가 죽인 거냐고? 하. 그땐 진짜 운 형이 의심스러웠다고. 그래서 보낸 건데… 하, 정 사저 말을 들었으면 변 사형을 그리 보낼 일도 없었을 텐데 말이야. 괜히 잘생긴 놈한테 뺏겼다는 기분이 들어서……. 그래서 변 사형을 그리 보냈어. 내가, 내가 그랬어. 진짜, 병신 새끼. 아……."

한근농은 하늘을 올려다보며 눈물을 닦았다.

"운 형이 나쁜 놈이어야 한다고. 왜 아닌 거지? 왜 내가 틀린 거야? 어? 말 좀 해 봐. 말 좀, 하. 씨발. 이 개 같은 마음이 문제야. 안 그래? 왜 좋아하냐고? 응? 누가 좋아하고 싶데? 누가 좋아하고 싶어서 좋아하냐고. 그런 미모의 여자랑 맨날 보고 살아 봐. 안 좋아지나. 젠장."

그는 깊은 한숨을 푹 하고 내쉬었고, 그러자 또다시 눈물이 흘러나왔다.

"하아… 다 지웠다고 생각했는데, 아닌가 봐. 애써 무시한 거겠지. 씨발. 이번에 돌아가면 부단주 자리 내놓고 봉 하나 잡아서 틀어박힐 거야. 거기 박혀서 진짜 초절정이든 입신이든 이루고 나와야지. 못 이루면? 뭐 그냥 그대로 죽는 거지 뭐. 안 그래? 변 사형. 그래야 죽어서도 변 사형을 볼 명목이 있지."

한근농은 변후의 시체를 양손으로 집었다. 그러곤 고개를 푹 숙이며 그를 흔들었다.

"일어나 봐. 변 사형. 내가 사형을 죽인 거야? 그런 거야? 변 사형, 일어나 보라니까? 응? 시발, 장난치지 말고. 사지가 뒤틀리고 핏줄까지 다 터져서 왜 그러고 죽었어? 어? 이왕 죽는 김에 좀 곱게 죽지. 아니 왜 이딴 식으로 처참하게 죽어서 사람 피를 말려? 이제 평생 동안 잠도 못 자겠네. 씨발."

흔들흔들.

흔들흔들.

처음에는 빠르게 흔들더니 점차 흔들리는 간격이 점차 길어졌다.

흔들.

흔들.

대략 일각 정도가 지나자 한근농은 고개를 들었다.

그의 얼굴은 놀랍도록 차가웠다.

“하아, 이런다고 살아 돌아오는 것도 아니고. 묘지는 그 맨날 사형이 말했던 거기다가 묻어 줄게. 맨날 농담으로 내가 묻는다 했는데 진짜 묻게 될 줄은 몰랐네.”

그는 변후의 시체를 어깨에 들면서 자리에서 일어났다.

“크으으.”

한근농은 순간 온몸이 굳어 버렸다.

“사형?”

“크흐흐.”

또 한 번의 소리가 변후의 입에서 났다.

한근농은 어깨에 멘 변후을 즉시 땅에 내려놓았다.

“변 사형? 변 사형? 괜찮아? 벼, 변 사형? 이, 이럴 리가? 머, 머리가 꿰뚫렸는데, 어떻게…….”

바닥에 누운 변후의 입은 살짝 벌어져 있었다.

한근농은 잔뜩 일그러진 표정으로 그를 내려다보며 그가 말하기를 기다렸다. 한근농의 두 눈은 공포와 기대감으로 사정없이 흔들렸다.

휘이잉.

찬바람만이 그의 귀를 간지럽히자, 한근농의 눈빛이 점차 죽었다.

"어깨가 배를 눌러서 바람 빠지는 소리가 난 건가? 참 나."

그는 그렇게 말한 뒤, 다시 변후를 들려고 손을 뻗었다.

그때였다.

"크으으."

한근농의 두 눈이 크게 커졌다.

배를 누르기는커녕 몸을 전혀 만지지도 않았는데, 분명 변후의 입가에서 소리가 났기 때문이다.

경악한 한근농이 자세히 보니 그의 입술이 살짝살짝 움직이기까지 했다.

"크으으."

"자, 잠깐만."

한근농은 고개를 숙이고 귀를 변후의 입에 가까이 가져갔다.

한근농의 귀가 변후의 입에 닿자, 한근농은 변후가 하는 말을 들을 수 있게 되었다.

변후의 말은 미약했지만 정신에 울리는 듯했다.

[파워—워드 킬(Power—word kill)].

털썩.

한근농의 두 눈이 뒤로 넘어갔고, 혼이 떠난 그의 몸이 변후의 시신 위로 쓰러졌다.

*　　　　*　　　　*

"크흠. 흠."

"흐음. 큼."

헛기침을 하는 매화검수들은 모두 남자였다.

물이 시르퀸의 몸에 닿는 순간 그녀가 입은 이계의 옷이 젖어 들어가며 반투명하게 변했는데, 그로 인해서 벗은 것보다 더한 농염함을 자아냈다.

문제는 시르퀸 본인이 전혀 부끄러워하지 않고 온몸을 구석구석 씻는다는 점이었는데, 때문에 의도치 않게 많은 부위를 적나라하게 보여 주고 있었다.

"……."

"……."

반면에 여고수들은 모두 넋을 놓고 운정을 뚫어지게 보았다.

운정은 그 얼굴을 바라보는 것만으로도 마음을 빼앗을 정도다.

그런데 물에 젖은 의복을 통해서 드러나는 그의 완벽한 신체가 더해지자, 마음이 아니라 영혼까지도 빼앗을 지경이었다.

그가 상의를 벗자, 온몸의 근육이 살아 움직이며 그 존재를 과시하는데, 당장에라도 피부를 찢고 튀어나올 정도였다.

하지만 그보다 더한 게 있었다.

"힘줄 봐……."

"……."

근육이라는 땅위에 힘줄이라는 세찬 강물이 곳곳에 뻗어 있었다. 그의 굵은 힘줄은 전에 전혀 찾아볼 수 없었던 남성미를 진하게 풍겼다.

여자인지 남자인지 모를 그 얼굴만 보면 그저 그 아름다움에 심취하게 마련인데, 그의 피부 아래서 심장 맥박에 따라 꿈틀거리는 핏줄이 더해지자 뭇 여인네로 하여금 참을 수 없는 소유욕을 불러일으켰다.

정채린은 소청아가 가까이 다가온 것을 느끼자, 그녀가 뭐라 말하기도 전에 먼저 말했다.

"포기한다고 했었다, 너."

"……."

"잊지 마."

"반칙이에요."

"남자는 얼굴이나 능력이 중요한 게 아니라고 하지 않았니?"

"그야… 몸이라곤 말 안했잖아요."

정채린은 기가 막힌다는 듯 소청아를 돌아봤다.

그녀는 불꽃처럼 타오르는 두 눈빛으로 뚫어져라 운정을 보고 있었다.

정채린이 둘러보니, 다른 여고수나 남고수도 딱히 다른 점이 없었다.

그들 중에는 변후와 가까워 그의 죽음으로 인해 마음속으로 슬퍼하는 자도 있었다. 단지 매화검수라는 이름이 주는 책임감에 겉으로 표현하지 않고 있는 것이다.

그런데 그런 자들조차 눈길 돌릴 생각을 하지 못하니, 운정과 여요괴의 미색은 가히 술법이나 마법과도 비견될 정도였다.

"다들 정신을 차리지 않으니 어쩔 수 없다. 저들에게서 등을 돌려라."

그 말을 들은 남고수 한 명이 반박했다.

"저들이 도주할 수도 있지 않습니까?"

"그건 내가 책임질 일이니, 명령에 따라."

"……."

"어서."

누구는 표정을 일그러뜨렸고, 누구는 입맛을 다셨다. 그러나 결국 모두들 정채린의 명령에 따라 몸을 돌리고야 말았다. 그래도 화산의 매화검수들이다.

정채린 본인도 몸을 돌리려고 하는데, 그런 그녀를 향해서 운정이 말했다.

"괜찮습니다. 이제 다 씻은 듯하니, 강가로 가겠습니다."

정채린이 말했다.

"저쪽에 불을 피워 놓았습니다. 그곳에서 몸을 말리되 옷을 벗는 것은 허락할 수 없습니다."

"알겠습니다."

운정은 포권을 취한 후, 시르퀸에게 손길을 내밀었다. 시르퀸은 그의 손을 잡았고, 운정은 그녀를 이끌고 불가로 다가갔다.

정채린은 그 모습을 보면서 도저히 눈길을 거둘 수 없었다. 아니, 애초에 본인이 그들을 그렇게 지그시 바라보고 있다는 사실조차 자각하지 못했다.

"저보단 저쪽을 먼저 생각하셔야겠네요."

"응?"

정채린이 보니, 소청아도 그들을 바라보고 있었다.

소청아가 말했다.

"저들 너무 잘 어울리지 않아요?"

"요괴야. 인간이 아니라고."

"그래도 말이죠. 서로 사랑하지 말란 법 있나요?"

"……."

"설마 미모로 정 사저가 밀릴 줄은 몰랐는데, 살다 보니 이런 일도 다 보네. 처음이시죠?"

"이상한 소리 그만하고 뒤돌아."

소청아는 몸을 돌렸다. 아주 느리게. 그러면서 자기 할 말은 끝까지 했다.

"저한테 배우셔야겠네요."

"뭘 배우라는 거니?"

"자기보다 아름다운 연적에게서 사내의 마음을 뺏는 법 말이죠."

"……."

"호호호, 정 사저도 그런 표정을 지을 수 있다니 저어엉말 오래 살고 볼 일이네."

정채린은 자기가 무슨 표정을 짓고 있는지 몰랐다. 하지만 조롱이 섞인 소청아의 두 눈을 보곤 얼굴을 빠르게 굳혔다. 그러곤 그녀를 완전히 무시하듯 시선을 돌렸다.

너무 빠르지도, 너무 느리지도 않게.

정채린에게 있어 이런 도발쯤이야 매일 있는 일이다. 사문의 사저와 사매들에게 어렸을 때부터 주야장천으로 당했던 것이다.

그녀의 미모를 질투하는 여자들은 그녀를 한시도 가만두지 않았고, 때문에 이 정도 비꼬는 말은 오히려 감사할 따름이다.

그런 자극적인 말에는 애초부터 생각과 마음을 조금이라도 낭비하지 않는 것이 최고라는 것을, 그녀는 오랜 경험을 통해 잘 알았다.

하지만 안 된다.

그녀는 자신의 숨이 거칠어졌다는 걸 느꼈다.

다시 평온함을 찾기 위해서 숨을 고르는데, 오히려 그것이 더욱 숨을 흩뜨려 놓았다.

어떻게 숨을 내쉬고 어떻게 숨을 들이마시는지 생각하다 보니 오히려 점차 더 부자연스러워지고 숨이 가빠오는 듯한 착각이 들었다.

또한 매화검을 잡은 손도 흔들렸다.

매일같이 부지런히 연공하는 이십사수매화검공(二十四手梅花劍功)을 펼치기 위해서 위한 흔들림이 아니다. 그저 힘을 과도하게 쏟아부어 생기는 불규칙적인 떨림.

적진에 있기 때문에 긴장한 것인가?

소청아의 도발 때문에 화가 난 것인가?

둘 다 아니다.

"질투……."

읊조린 그녀는 입술을 살짝 물었다.

그런 표정을 소청아에게 들키다니.

그녀는 화산의 여제자들이 익히는 옥녀신공(玉女神功)을 운용하여 마음을 다잡았다.

곧 작게 흔들리던 그녀의 검 끝이 공중에 고정되었다.

그녀가 냉정하게 상황을 판단하며 말했다.

"숙부님은 그렇다 쳐도 한 사제가 늦네."

심각한 어조에 소청아는 더 이상 농담할 분위기가 아닌 것을 직감했다.

그녀의 얼굴은 소녀의 그것에서 검수의 그것으로 돌아갔다. 그리고 정채린을 바라보는 눈빛 또한 연적을 향한 것이 아닌 상관을 향한 것으로 변했다.

그러자 많은 남제자들의 인기를 독차지하는 소청아는 사라지고 최연소 매화검수 소청아만이 정채린 앞에 서 있었다.

"제가 가 볼까요?"

그녀가 조심스럽게 묻자 정채린은 잠깐 고민하고 대답했다.

"두 명 정도, 아니, 다섯 명은 더 끌고 가. 내 판단이지만, 운정 도사님과 여요괴는 절대 도주하지 않을 테니 여기 인원은 조금 없어도 괜찮겠지."

"알겠어요."

소청아는 즉시 보법을 펼쳐 주변에 있던 매화검수들에게 정채린의 말을 전했다. 그러곤 다섯 명을 이끌고 보법을 펼쳐 그곳에서 벗어났다.

정채린은 멀어지는 그들의 뒷모습을 주시하다가 무심코 하늘을 보게 되었다.

기운이 이상하다.

그는 옆에 있던 매화검수에게 물었다.

"혹 천기가 전과 달라지지 않았어?"

그 매화검수는 정채린의 말을 듣고 기감을 열어 주변의 기운을 확인했다.

"아주 조금이지만 그래도 현기가 도는 것 같습니다."

"그렇지? 분명 사막처럼 메말라 있던 곳이었는데 말이야."

"예."

확신을 얻은 정채린은 보법을 펼쳐, 운정에게 다가갔다.

운정과 시르퀸은 무엇이 그리 재밌는지 불가에 앉아서 노닥거리며 함박웃음을 짓고 있었다.

그 모습을 본 정채린은 또다시 마음속에서 확 타오르는 불길을 옥녀신공으로 다시금 잠재워야만 했다.

"운정 도사님."

운정은 웃음기를 거두고 정채린을 보았다.

"무슨 일이십니까?"

정채린은 나지막하게 대답했다.

"산의 정기가 돌아오려는 것 같습니다."

"정기가?"

"기감으로 느껴 보시겠습니까?"

그 말 때문에 무언가 느낀 운정은 기쁜 표정을 지으며 그 자리에서 벌떡 일어났다.

그러자 물에 젖은 그의 몸이 탄력 있게 흔들거렸는데, 무엇보다 가장 민망한 곳도 덩달아 흔들거리며 그 존재를 만천하에 드러냈다.

정채린은 입술을 꽉 물고는 얼굴을 얼른 돌렸다.

하지만 운정은 전혀 부끄러움을 모르는지, 다리를 어깨 넓이로 벌리고 양손을 하늘로 올린 채 눈을 감았다. 그러곤 전신으로 기운을 느끼기 위해서 모든 정신을 집중했다.

그러기를 조금, 운정이 눈을 뜨고 말했다.

"정말이군요. 아직 본래의 기운에 한참도 못 미치지만 분명 정기가 조금은 돌아온 듯싶습니다. 눈치채지 못하다니 너무 긴장을 놓고 있었습니다."

정채린이 맞장구쳤다.

"이 정도라면, 아마 이름 있는 산의 정기 정도는 될 것입니다."

"그렇습니다. 하지만……."

말을 끝맺지 못한 운정의 목소리에는 작은 실망감이 담겨 있었다.

정채린이 말했다.

"분명 숙부님께서 무언가 해결하신 듯합니다. 이제 서서히 돌아오지 않겠습니까? 그러면 무당파를 재건하실 수도 있을 겁니다."

정채린의 말에도 운정의 얼굴은 밝아지지 않았다. 그는 고개를 살짝 흔들며 말했다.

"지금 느껴지는 정기는 무당산에 있는 생명에게서 뿜어지는 기운입니다. 즉, 여느 산과 다를 바가 없다는 것이지요. 하지만 본래 무당산의 기운은 무당산 자체에서 나오는 것이라기보다는, 오악에서 생성되는 정기가 천지의 모양의 따라 흐르다가 이곳에 고이게 된 것입니다."

정채린은 눈이 살짝 커졌다.

"아, 그렇습니까? 무당산의 정기는 자체적으로 생기는 것이 아니라는 겁니까?"

"그랬다면 오악(五嶽)이 아니라 무당산을 포함하여 육악(六嶽)이 되었을 것입니다. 선조들이 무당산을 악(嶽)에 포함하지 않은 이유가 바로 그것입니다."

그러고 보면 당연한 물음이긴 하다. 무당산만큼 현묘한 산세가 중원에 또 어디 있다고 악(嶽)에 들어가지 않는단 말인가?

정채린은 몰랐던 그 사실에 고개를 살짝 끄덕였다.

"그렇다면, 무당산에 다시 정기가 모여들기 위해선……."

"자연적으로 생각한다면 인간이 상상할 수 없는 엄청난 시간이 필요할 것입니다. 정기란 것은 본래 서로 모이기를 좋아하기 때문에, 이미 모인 곳에 유지되긴 쉽지만 없는 곳에 모여들기는 극도로 어렵습니다."

"……."

"그렇기에, 없어진 무당산의 정기를 다시 되찾으려 한 겁니다. 모든 급히 세운 것은 급히 무너지는 법. 정기는 하늘의 것이니 땅의 논리를 역용(逆用)하면 급히 사라진 정기는 급히 되찾을 수 있을 것이기 때문입니다."

금세 알아들을 수 없는 고리타분한 이야기로 빠져 버리는 운정을 보며 정채린은 시르퀸을 다시금 돌아볼 수밖에 없었다.

도대체 웃음이라곤 억지로 짜내도 나오지도 않을 대화 상대와 어떻게 그렇게 웃고 떠들 수 있었을까? 언어도 안 통하면서.

정채린이 속내를 숨기고 말했다.

"그렇군요."

운정은 아랑곳하지 않고 자기 할 말을 계속했다.

"완전히 메말라 버린 정기가 정상적인 수준까지 올라온 것을 보면 그 사이한 술법이 사라진 것은 맞는 것 같습니다. 향검께서 귀환하시면 한번 이야기를 해 보고 싶습니다."

정채린은 고개를 끄덕였다.

"물론입니다. 저는 혹시나 무당산의 정기를 완전히 되찾게 된 것이 아닌가 하여 말씀드린 겁니다. 그럼 쉬십시오. 숙부께서 여기서 대기하라 했으니, 일단 이곳에서 머무는 것이 좋을 것 같습니다."

그녀가 포권하고 물러나려는데 시르퀸이 그녀에게 말했다.

"Od uoy owt etam?"

운정도 정채린도 그 말을 알지 못해 서로를 돌아보고는 시르퀸을 다시 보았다.

시르퀸은 맑은 웃음을 지으면서 두 손을 앞으로 뻗었다.

왼손으론 정채린을 가리켰고, 오른손으론 운정을 가리켰다.

그러곤 왼손의 엄지와 검지를 둥그렇게 말아 쥐었고, 오른손의 검지를 빳빳하게 세운 뒤, 다시금 깊은 미소를 지으며 말했다.

"Etam."

빳빳하게 선 오른손 검지가 동그랗게 말아 쥔 왼손의 구멍을 사정없이 찔렀다.

푹.

푹.

푹.

한 번씩 박힐 때마다, 정채린의 얼굴이 급속도로 붉어졌다.

푹.

푹.

푹.

손가락으로 적나라한 성행위를 묘사한 시르퀸은 방긋 웃으며 양손을 펴고 정채린과 운정을 가리켰다.

정채린은 더 이상 붉어질 수 없을 만큼 붉어진 얼굴을 돌려 경공을 펼쳐 달아나 버렸다.

남겨진 운정은 머리카락을 몇 번 쓰다듬은 뒤에 시르퀸에게 말했다.

"On."

그 말을 들은 시르퀸의 얼굴이 환해졌다.

*　　　　*　　　　*

소청아는 멀리감치 보이는 나무를 보곤 서둘러 그곳으로 보법을 펼쳐 다가갔다.

그녀와 함께 움직이는 매화검수들은 네 명의 여제자와 한 명의 남제자로 모두 무공을 인정받아 정식으로 매화검수가 된 화산의 후기지수들이었다.

"저 나무 맞지? 아무도 없는데."

남제자의 말에 소청아가 대답했다.

"확실해요, 녹 사형. 흔적이라도 찾아보죠."

남제자, 녹준연은 주변을 살짝 둘러보고는 말했다.

"일단 다섯이서 매화검진(梅花劍陳)의 오방(五方)을 선점하고 있어. 남자 하나가 끼는 것보다는 그게 낫겠지."

매화검진은 화산의 매화검수들이 펼치는 검진(劍陳)으로 오행을 바탕으로 하기에 다섯 명을 기본으로 하는 검진이다. 이를 매화검수 다섯이 온전히 펼치면, 절정고수 다섯이서 초절정고수와 호각을 이룰 수 있는 기적을 일으킨다.

소청아가 말했다.

"그냥 여섯이서 육합검진(六合劍陳)이 낫지 않겠어요? 녹 사형만 혼자 있으면 위험해요."

육합검진은 화산파 제자들이 보편적으로 익히는 것으로, 여섯이서 펼치는 검진이나 매화검진만 못하다.

녹준연은 고개를 저었다.

"숫자는 하나 적지만 육합검진보단 매화검진이 더 강력하지. 차라리 내가 빠져서 혹시 모를 적의 시선을 끌어 주는 게 좋아. 저들에겐 순식간에 적을 사살할 수 있는 능력이 있잖아. 육합검진을 준비하고 있다가 한 명이 갑자기 죽어 버리면 검진이 깨져서 다시 재정비하는 사이 연달아 속수무책으로 당할 거다. 내가 앞장서지."

그렇게 말한 녹준연은 소청아의 답변을 기다리지 않고 앞서 나가기 시작했다.

소청아는 말리는 척 손 하나를 뻗었지만, 결국 아무 말 하지 않았다. 그가 말한 것이 매화검수가 소규모로 움직일 때 가장 효과적인 형태라는 것은 부정할 수 없는 사실이기 때문이다.

특히 이계를 상대로는 언제 어떤 요상한 마법으로 공격당할지 모르니, 가장 앞에서 시간을 벌어 주는 사람과 그 뒤에 매화검진으로 반격을 준비할 수 있는 다섯이 있는 것이 최고다.

소청아 뒤에선 네 명의 여고수들은 서로 말없이 눈빛을 주고받았다.

녹준연이 소청아를 두고 다른 남제자들과 경쟁하고 있다는 건 모두가 아는 사실. 녹준연이 방패막이로 자처하여 앞서나가는 이유 또한 소청아의 마음을 얻기 위한 것이란 것은 너무나 자명한 것이었다.

소청아는 죄책감을 애써 무시하며 네 명의 여제자들과 함께 언제라도 매화검진을 펼칠 수 있는 자리로 갔다.

변후가 죽은 그 나무에 먼저 도착한 녹준연은 우선 땅을 살폈다. 화산의 무력을 세상에 대변하는 매화검수는 검공이나 경공 같은 우도(右道)뿐만 아니라 추적술이나 은신술을 포함한 좌도(左道) 또한 기본적으로 익히고 있었기에, 그는 쉽사리 변후와 한근농의 흔적을 찾을 수 있었다.

땅에 바짝 몸을 가까이해 그 흔적을 하나둘씩 살펴보던 그는 곧 뒤따라 도착한 소청아에게 말했다.

"흔적이 저쪽으로 이어지고 있어. 암향표(暗香飄)의 흔적이 확실해. 발자국의 깊이가 통상적인 것보다 조금 더 깊은 걸 보면 변후의 사체를 업고 갔군."

"따라갈까요?"

"네가 결정해야지. 단주는 네게 이 일을 맡겼어. 그러니 명령권은 네게 있어, 소 사매."

녹준연은 다른 네 명의 여제자들이 어떤 의견을 내려하기도 전에 소청아의 권위를 확정 지어 버렸다.

매화검수 중 가장 어리기에, 분위기에 휩쓸려 쉽사리 결정권을 빼앗길 수 있었기 때문이다.

소청아는 그의 낮게 가라앉은 눈을 바라보았다. 그 속에 담긴 잔잔하고 따듯한 느낌은 바로 깊고 깊은 애정(愛情).

그는 분명 그녀가 그를 미끼로 유도한 것을 알고도 당해 준 것일 것이다.

소청아는 항상 그녀를 배려하는 녹준연의 여유로움이 좋았다.

"그 명령권으로 묻는데, 사형은 어찌 생각하세요?"

"쫓는 것과 남는 것, 그리고 복귀하는 것. 셋 중 무엇이 최선일지는 모르겠다. 하지만 나눠지는 건 좋지 않다고 생각해. 모두 다 한쪽으로 움직였으면 한다."

"그건 저도 동의해요. 흐음, 어떻게 한담. 일단 결정하려면 대체 왜 한 사형이 변 사형을 들고 우리 쪽으로 복귀하지 않고 다른 방향으로 간 것인지 알아야 할 거 같아요. 왜 그러셨을까요?"

그녀의 질문에 여제자 중 한 명이 대답했다.

"내 기억으론 발자국이 난 쪽은 향검께서 가신 방향이야. 한 사형은 아마 변 사형을 들고 향검 어르신을 쫓아간 것이겠지."

소청아가 가장 간단한 의문을 제기했다.

"그럼 도와주러 간 것일까요?"

녹준연이 고개를 살짝 저었다.

"향검께선 매화검수 한 명 정도의 도움을 필요로 하지 않으신다. 한 사형도 그걸 모르진 않을 거다. 그리고 그랬다 하더라도 변 사형의 사체를 여기 놓고 혼자 갔을 거야. 짐밖에 되지 않을 테니."

"도와주러 간 것이 아니라면……."

말끝을 흐리던 소청아는 다시 그 말을 붙잡아 말을 이었다.

"무언가 알리러 간 것이겠죠. 새로운 정보이자 급한 정보를. 아마 변후 사형을 데리고 가지 않으면 안 되는 이유가 있었을 거예요."

그녀의 말을 들은 녹준연이 추리를 이어나갔다.

"새로운 정보이자 급한 정보라… 우리와 함께 있었을 때까지는 그런 건 없었지. 그리고 전투의 흔적이 없었으니, 적과 마주쳐서 얻은 것도 아닐 테고. 그렇다면 아마 변 사형의 사체를 살피다가 얻은 것일 거야. 분명 그 사체에 뭔가 있었겠지. 그걸 직접 보여 주지 않으면 향검께서 믿을 수 없는 뭐, 그런 거… 그 외에 변 사형의 사체를 가져가야만 하는 다른 이유는 생각하기 어려워."

"어떤 다른 무림방파의 검흔 같은 것이 발견되었을까요? 아니면 살수의 검흔이라도?"

"글쎄. 그 정도로 사체를 들고 움직여야 하나? 하여간 한 사형에게 물어보면 되겠지."

"……."

그 말을 끝으로 말이 없어졌다.

소청아는 결심했다는 듯 말했다.

"전투의 흔적은 없으니 지원을 부르진 않겠어요. 일단 우리만으로 추적해 보죠."

"내가 앞장서지."

그렇게 말한 녹준연은 한근농이 남겨 놓았으리라 추측되는 발자국을 좇아 움직였다. 소청아와 네 명의 여제자들도 그를 따라 경공을 펼쳤다.

벌판을 지나고 하나둘씩 나무가 보이기 시작하더니, 곧 울창한 숲이 되었다. 그리고 지형도 제멋대로 들쑥날쑥하며 한 치 앞도 예상하기 어려운 지형이 계속 되었다.

하지만 그들의 경공에는 조금도 영향이 없었다. 화산의 험난한 산세 속에서 매일같이 생활하는 그들에게 있어 무당산 정도는 맨땅과 다를 바가 없었다.

그들은 하늘을 나는 새들조차 따라갈 수 없는 속도로 한근농의 흔적을 끝까지 추적했다.

탓.

앞서가던 녹준연이 속도를 줄이자, 소청아도 같이 속도를 줄였다.

그는 곧 주변에서 가장 높게 솟아오른 듯한 바위 위에 안착했는데, 그의 발밑에는 건장한 남자 한 명이 아무렇게나 널브러져 있었다.

소청아는 주변 경계를 게을리하지 않으며 녹준연의 옆에 섰다.

"변후 사형이군요."

"저쪽을 봐, 저 중심부를."

녹준연은 산봉우리에 둘러싸여 마치 푹 파인 것처럼 생긴 그 지형의 중심부를 가리켰다.

소청아가 그곳을 보니, 그곳에서 뿜어져 나오는 묘한 푸른 빛을 발견할 수 있었다.

그것을 보기 전까지는 그 빛이 있는 줄 몰랐는데, 그토록 환한 빛이 왜 처음부터 눈에 들어오지 않았는지 의문이 들 정도였다.

소청아가 말했다.

"보기 전까진 보이지 않는 수상한 푸른 빛이군요."

이상한 말이었지만, 그렇게 말고 달리 표현할 길이 없었다. 녹준연은 내력으로 시력을 돋우며 말했다.

"그리고 그 빛 속으로 방금 한 인형(人形)이 들어갔어."

"인형? 이계마법사였나요?"

"자세히는 보지 못했다."

그가 말을 끝마치기 무섭게 불빛이 사그라졌다.

그 빛이 사라지고 달빛이 다시 밤을 밝히자, 그곳에서 또 다른 검은 그림자 하나가 움직이기 시작했다.

그 검은 그림자는 정확히 녹준연과 소청아가 서 있던 그곳을 향해 달려오고 있었다.

"한 사형이군."

"혹시 모르니, 경계 태세를 갖추세요."

소청아는 검을 뽑았고, 그녀를 본 다른 매화검수들도 모두 검을 뽑았다.

한근농은 곧 그들 앞에 도착했고, 자신에게 검을 뽑아든 그들을 둘러보더니 말했다.

"날 찾으러 온 건가? 그런 것치고는 투기가 장난 아닌데?"

소청아는 긴장을 늦추지 않으며 되물었다.

"방금 무슨 일이었죠? 푸른 빛 속으로 사라진 사람은 누구예요?"

한근농은 그녀의 의심 어린 말에 얼굴을 찌푸렸다.

"소 사매, 설마 날 의심하는 거야?"

"이계마법사들이 모습을 바꾸는 마법을 부릴 수 있다고 말한 건, 한 사형이셨죠."

"……."

"신분이 증명될 때까지는 검을 거둘 수 없어요."

그녀의 당돌한 말에 한근농은 피식 웃더니 자신의 화산검을 검집 채로 그녀 앞에 던지며 한쪽 입꼬리를 올렸다.

"아, 뭐 각운각에서 있었던 일이라도 말해야 믿겠어?"

소청아는 순간 얼굴이 시뻘게졌다.

그런 그녀와 더불어 당황해 마지않는 녹준연이 턱을 다물지 못하며 한근농에게 말했다.

"그, 그걸 어찌……."

이번엔 다른 쪽 입꼬리를 올리며 미소를 완성한 한근농이 음흉한 눈빛으로 둘을 바라보며 말했다.

"아하, 너였구나. 어두워서 누군지는 몰랐는데 말이야."

소청아는 차마 얼굴을 들지 못하며 다른 네 명의 여제자들에게 손짓했다.

"하, 한 사형이 확실하니 다들 검 내리세요."

네 명의 여제자들은 대충 돌아가는 꼴을 보곤 상황을 눈치챘다.

긴장이 풀린 그녀들은 서로에게 슬쩍슬쩍 전음을 보냈는데, 소청아는 이상하게 귀가 간지러워지는 것을 느꼈다.

한근농이 여유롭게 말했다.

"이제 검을 다시 주워도 되지?"

소청아는 고개를 끄덕였는데, 녹준연이 그 사이를 가로막았다. 그는 아직 검을 치켜세우고 한근농을 향하고 있었다.

"아직 질문에 답하지 않으셨습니다, 한 사형."

"……."

"무슨 일이 있었던 겁니까?"

장난기가 가득하던 한근농의 두 눈이 순식간에 반으로 좁아졌다.

"난 화산파의 제자로서는 네 사형이며 매화검수로서는 네 부단주다. 보고를 하더라도 네게 할 의무는 없으니, 좋은 말로 할 때 검을 거둬라."

"예를 모르고 나선 죄는 달게 받겠습니다만, 상황을 설명해주시지 않으면 검을 드릴 순 없습니다."

"……."

"이계와의 싸움 중엔 모든 것을 의심하라고 하신 분이 부단주 본인이십니다."

그들 사이에 부는 찬바람은 모든 이의 기분을 가라앉게 만들었다.

한근농과 녹준연은 당장에라도 싸움에 임할 것 같은 눈빛으로 서로를 마주 보았다. 소청아를 포함한 다섯 여제자들도 숨을 죽이고 바라보았다.

결국 침묵을 깬 것은 한근농이었다.

"확실히 내가 그렇게 말했었지. 좋아, 내 행적을 네게 보고하면 되는 거냐?"

"부탁드리겠습니다."

녹준연의 딱딱한 어조에 한근농의 눈가가 살짝 떨렸다.

그러나 그는 깊은 심호흡으로 화를 떨쳐 버리곤 설명하기 시작했다.

"변후에게 넋두리를 하는 중에, 무당산에 펴진 그 사이한 기운이 한순간에 사라졌다. 무슨 일이 있어났다고 확신한 나는 향검께서 그 사이한 기운을 없앴다고 확신했지. 때문에 혹시라도 변을 당하셨을까 하여, 이곳에 온 것이다."

이야기를 하는 도중 그의 시선은 변후의 시신에게 가 있었다.

녹준연은 소청아를 돌아보았다.

소청아도 녹준연을 마주 보았다.

소청아는 검을 뽑았고, 녹준연은 검을 잡은 손에 힘을 더욱 주었다.

소청아가 말했다.

"향검께서 도움이 필요하다고 판단하셨나요?"

"변고를 당하셨다면 적어도 그걸 눈으로 확인은 해야 한다고 생각했어. 그런데 지금 검을 뽑은 거야, 소 사매?"

한근농은 낮은 음조로 으르렁거렸다. 소청아는 지지 않고 더욱 과감히 물었다.

"그리 급한 일이라면, 왜 변후 사형을 업고 움직인 거죠? 홀로 움직여도 모자랐을 텐데."

거침없이 답을 주던 한근농이 처음으로 답을 망설였다. 매화검수들의 얼굴이 굳는 것을 본 한근농은 억울하다는 표정을 지으며 변명했다.

"특별한 이유는 없다. 그저 변 사제가… 홀로 있었으니 그런 거야."

"언제나 냉철함을 잃지 않는 한 사형은 그럴 분이 아닙니다. 우리의 추리보다도 더 말이 안 되는 답을 내놓을 줄은 몰랐습니다."

"믿지 못하겠다면 어쩔 수 없다. 하지만 난 제대로 된 판단을 할 상황이 아니었어."

"……."

모든 이의 경계가 조금도 누그러지지 않자, 한근농은 하는 수 없이 무릎을 꿇고 손을 등 뒤로 가져갔다.

"원한다면 점혈해라. 시시비비는 나중에 단주님 앞에서 따지면 될 일이니까."

녹준연은 소청아를 돌아보았고, 소청아는 고개를 끄덕였다.

* * *

"그래서? 수혈을 짚었니?"

바위에 걸터앉은 정채린의 얼굴에는 근심이 가득했다.

소청아는 고개를 끄덕였다.

"상황이 너무나 의심스러워서 어쩔 수 없었어요."

그녀의 말에 정채린은 한숨을 내쉬고는 녹준연에게 턱짓을 했다. 녹준연은 어깨에 멘 한근농을 땅에 내려놓고 그를 깨우기 시작했다.

한근농의 옆에는 여제자들이 들고 온 변후의 시신이 가지런히 놓여 있었다.

정채린이 말했다.

"한 사제와 변 사제는 각별한 사이야. 화산파에 들어오기 전부터 알던 사이지."

"네?"

"내가 알기론 같은 고을의 고아 출신으로 서로 부모 얼굴도 모르는데, 어느샌가부터 옆에 있었다고 했었어. 그들의 부모를 아는 사람이 그들의 본래 이름을 알려 주기 전까진 당연히 같이 버려진 형제인 줄 알았다고 했지."

"……."

"겉으로 드러내지 않았지, 가까스로 이성을 유지했을 거야. 그래서 단독 행동을 허락한 거고. 언제 누가 튀어나올지 모르는 이런 전장에서 그를 홀로 보낸 이유는 그렇게 하지 않으면 안 될 정도로 그가 감성적이 돼서 그랬어. 그건 매화검수로서

실격인 부분이지만, 그 때문에 이계마법사가 그로 변장한 것이 아닌가 하는 의심은 과하다고 생각해."

소청아는 입술을 살짝 물었다.

곧 한근농이 눈을 뜨고 정신을 차리자, 녹준연은 자리에서 일어나 정채린에게 말했다.

"제 생각이었습니다. 죄송합니다."

"죄송할 필요는 없어. 잘 왔으니 됐어."

"하지만 심문은 꼭 해야 한다고 생각합니다."

"그럴 생각이었어. 팔방에 경계를 맡을 매화검수 여덟을 선정하고 나머지에게 모이라고 전해."

녹준연은 포권을 취하고는 경공을 펼쳤다.

막 몸을 일으켜 앉은 한근농은 관자놀이를 짚으며 말했다.

"그러면 요괴와 운정 도사는 누가 지킵니까?"

억지로 잔 잠에서 억지로 깨어난 그는 머리가 깨질 듯 아팠다. 하지만 단숨에 상황을 이해하는 것으로도 모자라서 명령의 빈틈을 그대로 집어냈다.

부단주로서 전혀 손색없는 그의 모습에 정채린은 그가 마음을 다잡았다고 판단했다.

"그들은 도주하지 않아. 변 사제와 이야기는 다 했니?"

한근농은 자리에서 일어나 옷에 묻은 흙을 털면서 말했다.

"당장 하지 않으면 도저히 안 되는 말은 다 했습니다. 남은 건 나중에 화산에 가서 하면 됩니다."

정채린은 한근농 옆에 있는 변후의 시신을 보았다.

이미 푸른 기가 피부 위로 감돌고 있었다.

그녀가 말했다.

"화산까지 열흘길이야. 날씨가 덥진 않지만 열흘이면 형체도 안 남을 거야."

"절대 이곳에 매장하지 않을 겁니다. 제가 알아서 하겠습니다."

단호한 그 말에는 조금도 꺾일 구석이 보이지 않았다.

그에 관해서 더 이상 이야기하는 것은 시간 낭비.

정채린이 상황을 더 설명했다.

"널 찾으러 갔던 인원들은 네 행동이 너무 수상해서, 심문을 해야 한다네."

"뭐, 마음대로 하십시오. 운정 도사에게 제가 한 걸 생각하면, 이 정도 처사야 당연한 것입니다."

정채린은 한근농을 말없이 바라보았다.

그러다 문득 그녀가 작은 목소리로 말했다.

"안다니 다행이다."

한근농은 가까스로, 정말 가까스로 터져 나오려던 울분을 참아 내었다.

다 안다.

정채린은 다 안다.

그가 그녀를 좋아하는 것도.

그가 운정을 질투한 것도.

그로 인해 결과적으로 변후를 죽음으로 내몰게 된 것도.

울분 뒤에는 절망감이 엄습했다.

언제쯤이면 그녀 앞에서 남자가 될 수 있을까?

한근농이 침을 꿀떡 삼키고 말했다.

"마음껏 물어보십시오."

"잠시. 검수들이 모두 모이고."

그녀가 그 말을 하고나서 반각이 채 지나지 않아, 여덟을 제외한 매화검수들이 모두 모였다.

그들 가운데는 무슨 일인지 궁금증이 돋은 운정과 그의 옆에 꼭 붙어 있는 시르퀸이 있었다.

정채린이 말했다.

"녹 사제가 할래? 아니면 소 사매가?"

소청아가 녹준연에게 말했다.

"녹 사형이 하세요. 솔직히 한 사형이 상대라면… 자신 없어요."

녹준연은 고개를 끄덕이고는, 한근농 앞에 나왔다.

모두의 시선이 집중되는 가운데 그가 말했다.

"거창한 건 아닙니다. 그저 한 사형의 이야기가 앞뒤가 맞지 않아서 그렇습니다. 게다가 마지막에 제가 본 것도 상당히 의심스럽습니다."

한근농이 말했다.

"마지막에 본 것이라면, 요괴가 자기 세상으로 돌아가는 것 말이냐?"

녹준연은 그 푸른 빛으로 들어간 것이 요괴였다는 사실은 몰랐었다. 그는 더욱 의심의 눈초리로 한근농을 보았다.

"귀환하라는 명령을 어기고 향검 어르신에게 갔다는 점. 그리고 변 사형의 사체를 들고 행동했다는 점. 그리고 마지막에 자기 세상으로 돌아가는 요괴를 그저 보고만 있었다는 점. 이 셋이 다 의심스럽습니다."

한근농은 그와 소청아를 번갈아 보더니, 피식 웃으며 말했다.

"부단장 자리가 탐나더냐. 녹 사제."

"합리적인 의심을 할 뿐입니다."

"의심? 내가 변장한 이계마법사라는 의심 말이냐?"

"그렇습니다."

"개소리. 설마 너도 그런 허무맹랑한 의심을 진짜로 하는 것이 아니겠지. 네가 이 자리에서 하고 싶은 건 내 실책을 검수들 앞에 드러내어 날 부단주 자리에서 끌어내려는 것뿐이다. 아니냐?"

"……."

"그렇다면 걱정할 것 없다. 정 사저는 이미 퇴출 투표를 하기로 마음을 먹었으니까."

녹준연은 조금 놀란 눈으로 정채린을 보았다.

정채린의 두 눈은 고요하게 그러나 차갑게 빛나고 있었다.

한근농이 말을 이었다.

"임무 수행 중 사적인 감정으로 인해 임무에 지장이 생기게 한 것. 그건 매화검수 중 가장 어린 소 사매도 하지 않을 행동이지. 그것만으로도 난 이미 부단주의 자리를 잃어도 시원치 않아. 그러니 이런 말도 안 되는 연극을 하며 네 지혜를 돋보이려 하지 말고 그냥 끝내라."

"……."

"어차피 네가 여기서 나를 깔아뭉개고 네 얄팍한 지혜를 돋보인다 하더라도 부단주 자리는 네 것이 될 리가 없으니까. 알겠어?"

녹준연은 꿀 먹은 벙어리처럼 황당해하는 눈빛으로 한근농을 볼 수밖에 없었다.

정말이지 아무런 말도 할 수 없었다.

침묵이 감돌자 정채린이 말했다.

"단주와 부단주의 선출(選出)과 퇴출(退出)에는 매화검수 과반수의 찬성이 필요하지. 임무 수행 도중이니 약식으로 하겠어."

소청아가 물었다.

"경계 인원을 부를까요?"

정채린이 고개를 흔들었다.

"약식이니 괜찮아. 대신 과반수의 찬성을 받아 한 사제가 퇴출된다 하더라도 이번 임무로 한한다. 그리고 이후 화산파에서 전 인원이 다시 투표하여 최종 결정을 하겠어."

매화검수 중 한 명이 손을 들고 말했다.

"정확한 사안이 무엇인지 아직 잘 모르겠습니다. 한 사형이 어떤 부분에서 사적인 감정을 앞세웠다는 말입니까?"

정채린은 녹준연을 돌아보았고, 녹준연이 입을 열었다. 그런데 한근농의 입에서 먼저 말이 나왔다.

"한마디로 말하면 명을 어겼다."

"어떤 명을 말입니까?"

"변 사형과 남은 이야기를 하고 복귀하라는 명 말이다. 그것을 어기고 향검 어르신을 도우러 갔었다."

"왜 그러셨습니까?"

"너희들 몇몇이 알 듯, 나와 변 사형은 각별한 관계였다. 나는 변 사형을 가장 믿었지. 그래서 이십 일 전, 무당산에서 그에게 단독으로 한 가지 명령을 했었다. 우리가 몰살당할 가능성을 생각해서 따로 움직이라고 한 것이지. 그런데 그가 이렇게 시체가 돼서 돌아왔다."

"……."

"나 때문이란 생각이 들었어. 내가 명령을 내리지 않았다면 그가 죽지 않았겠지 하는 마음이 들었지. 그의 시신을 직접 마주하니 겉으로는 멀쩡한 척했지만, 말 그대로 멀쩡한 척하는 것 외에는 다른 어떠한 생각도 할 수 없었다. 죄책감 때문에 제대로 머리가 돌아가지 않았어. 그런 척만 했지."

"……."

"그래서 그런 이상한 행동들을 보인 것이다. 변 사형을, 아니, 변 형을 다시 홀로 둘 수 없었다. 향검 어르신을 찾으러 간 것은 무당산 전역에 퍼져 있었던 사이한 기운이 사라져서 그렇다. 하지만 그 와중에도 변 형을 버릴 순 없었다. 그래서 변 형을 들고 조사하러 간 거야."

"……."

"이번 임무에서만큼은 부단주스럽지 못했다는 것을… 아니, 매화검수답지 못했다는 것을 인정하겠다. 하지만 이런 실수는 이번뿐이야. 믿기 어렵겠지만, 이성은 이미 되찾았어. 넋두리가 도움이 됐지."

그가 말을 마치자 정채린이 매화검수들을 둘러보며 말했다.

"투표할게. 퇴출에 찬성하는 사람?"

녹준연은 손을 들었다.

그리고 손을 든 사람은 그뿐이었다.

인상을 쓰고 주변을 보던 그의 시선이 멈춘 것은 소청아였다.

그녀조차 손을 들고 있지 않았기 때문이다.

소청아는 미안한 듯 녹준연의 시선을 마주 보지 못했다.

"한 사형만큼 부단주의 역할을 잘할 수 있는 사람은 없어요."

"혹시 그 일 때문……."

소청아의 얼굴이 굳어지자, 녹준연은 차마 말을 끝내지 못했다.

그는 곧 두 주먹을 불끈 쥐더니 주변을 보며 말했다.

"왜지? 다들 왜 찬성하지 않는 거지?"

그러자 손을 들고 말했던 매화검수가 말했다.

"이런 상황 속에도 저렇게 말을 잘하는 걸 보니, 이성은 이미 되찾았다는 말이 맞는 거 같아서."

"……"

"게다가 사적인 감정이 앞서는 것을 생각한다면 너도 부단주로 제격은 아니야."

"하핫."

"호호."

몇몇이 웃음소리를 참지 못하고 흘렸다.

녹준연은 전신에 쏟아지는 모욕감을 이겨 내기 위해서 눈을 감아 버렸다.

그가 다시 입을 열려 하자 정채린이 말했다.

"넌 한 사제와 친한 검수 여덟을 경계 인원으로 빼놓고도 졌어. 그러니 깨끗이 인정해."

그 말에 녹준연은 입을 다물고 있을 수밖에 없었다.

한근농은 정채린에게 말했다.

"제 검을 받아도 되겠습니까?"

"물론."

검을 받는다는 것은 부단주로서 완전한 복귀를 뜻한다.

한근농은 녹준연에게 손을 뻗었다. 그러나 눈을 감고 있던 녹준연은 그것을 볼 수 없었고, 때문에 한근농이 말을 꺼내야 했다.

"녹준연. 검."

분노도 조롱도 담기지 않은 딱딱한 말에 녹준연은 허리춤에 단 한근농의 검을 건네주었다. 한근농은 그 검을 받더니 녹준연을 향해 낮게 읊조렸다.

"예를 모르고 나선 죄를 달게 받겠다는 그 말. 기억하고 있다, 녹 사제."

"……."

그렇게 모두의 시선을 받던 한근농이 주변을 둘러보며 말을 이었다.

"다들 원하는 자리에 가부좌를 틀고 운기조식을 시작해. 앞으로 꽤 굴러야 할 테니까. 그리고 단주님. 드릴 말씀이 있습니다."

정채린이 한쪽을 가리켰다.

"저쪽으로 갈까?"

정채린과 한근농은 같이 경공을 펼쳐 그쪽으로 사라졌다.

남겨진 매화검수들은 녹준연을 비웃거나 혹은 그를 위로하곤 적당한 자리를 잡아 운기조식을 시작했다.

마지막까지 남은 건, 운정과 시르퀸 그리고 녹준연이었다.

운정이 녹준연에게 말했다.

"그 이야기 좀 자세히 들려 달라는데요?"

"예?"

운정이 시르퀸을 돌아보더니 말했다.

"마지막에 푸른 빛으로 사라진 요괴 이야기 말입니다. 그게 궁금하답니다."

"……."

"해 주실 수 있습니까?"

녹준연은 시르퀸을 한 번 보더니 말했다.

"통역이 가능하십니까?"

운정이 옅은 미소를 지었다.

*　　　　*　　　　*

한근농에게 모든 이야기를 들은 정채린은 그를 통해 매화검수들에게 명령을 내렸다. 무당산 전역으로 퍼져 태룡향검(太龍香劍) 나지오의 행방을 수색하라는 것이다.

그들은 각각 여섯 명씩 부대(部隊)를 이뤄 사방팔방으로 흩어졌다.

운정과 시르퀸은 이런저런 이야기를 하며 서로의 언어를 적극적으로 배우고 있었다.

그 모습이 딱 연인끼리 노닥거리는 모습과 다를 것이 없어, 심각한 얼굴로 임무를 수행하는 매화검수들과 괴리가 컸다. 마치 그들 주변만 세상이 나뉘어 있는 듯했다.

한근농까지 마저 보내고, 짝이 없는 매화검수가 두 명 정도 남자, 정채린이 그들에게 주변 경계를 명령했다. 그러곤 운정에게 다가갔다.

운정이 대화를 멈추고 그녀를 올려다보자, 정채린이 자기도 모르게 그의 시선을 회피하며 말했다.

"그, 혹시 통역이 가능하십니까?"

운정은 난처하다는 듯 대답했다.

"간단한 말이어도 꽤 시간을 들여야 합니다. 방금도 녹 소협의 말을 통역하느라 너무 어려웠습니다. 그런데 혹시 매화검수가 왜 그렇게 분주히 움직이는지 물어봐도 되겠습니까?"

정채린의 낯빛은 좋지 않았다.

"숙부님의 행방을 알 수 없게 되어 다들 무당산을 수색하러 떠났습니다. 무당산의 정기를 되찾을 실마리 또한 찾아보라고 말해 두었습니다."

"숙부님이라면 향검 아닙니까? 입신의 고수이신……."

"예."

단답형으로 대답한 정채린은 애써 타들어 가는 속내를 숨겼다.

운정이 말했다.

"물어보고 싶은 바를 말씀해 보십시오. 제가 최선을 다해서 물어보겠습니다."

정채린은 여요괴를 흘겨본 뒤에 말했다.

"적들 중에도 혹 요괴가 있는지 확실히 알고 싶습니다."

"제가 알기론 있었습니다만."

"세력화되어 있는지 요괴에게 직접 확답을 듣고 싶습니다."

운정은 고개를 끄덕이곤 고민에 빠졌다. 요괴란 단어는 알았지만, 적이나 세력화란 말은 몰랐기 때문이다.

운정은 꽤나 오랜 시간을 손짓 발짓 하며 씨름해야 했다.

일각이 넘게 흐르고서야 의미를 제대로 전달한 운정은 시르퀸에게 대답을 들을 수 있었다.

"Sey. Yeht era sreyarteb. fo ruo elpoep. fo ruo ecar. fo ruo dog."

운정과 시르퀸은 또 한참을 씨름했다.

나뭇가지까지 꺾어와 그림을 그려 가면서 설명하는데, 중원에선 찾을 수 없는 시르퀸의 역동적인 그림을 통해 그들의 대화가 한결 쉬워졌다.

여러 사람들 사이에서 쫓겨나는 한 사람을 내려다보며, 운정은 카이랄의 말이 기억났다.

"일족의 추방자들이라고 하는 것 같습니다. 아마 그 때문에 이들도 이 문제 대해서 관심을 가지고 있는 것으로 보입니다."

"그럼 요괴들도 세력이 나뉘어 있다는 것이군요."

"그렇게 보입니다."

사실 이미 어느 정도 아는 이야기다. 하지만 정채린은 나지오가 걱정되어 작은 것이라도 붙잡고 싶었다.

그녀가 턱을 괴고 고민하더니 말했다.

"부단주가 이야기하기를 푸른 빛이 나는 술법을 통해서 한 여요괴가 자기 세계로 돌아갔다고 합니다. 그 여요괴가 혹 숙부님을 데리고 있을 수 있지 않겠습니까?"

"설마 향검께서 납치를 당하셨다고 생각하시는 겁니까?"

납치란 살아 있는 사람을 데리고 있는 것이다. 나지오가 살아 있을 가능성은 적었지만, 정채린은 최대한 그에 대해 생각하지 않으며 나지막하게 말했다.

"부단주는 그 푸른 빛을 보고 다가갔는데, 다가가면 다가갈 수록 거리가 점차 멀어지는 이상한 마법에 걸려 도저히 다가갈 수 없게 되었다고 말했습니다. 공간을 다루는 마법이라면 숙부님도 어찌할 수 없었을 것입니다. 물어봐 주시겠습니까?"

의사소통이 원활하지 않은 지금, 그 말을 설명하기까지는 오랜 시간이 걸릴 것이다.

하지만 운정은 간절히 부탁하는 정채린을 무시할 수 없어, 그가 아는 단어들과 손짓 발짓 그리고 그림까지 그려 가며 그녀의 말을 통역했다.

이번엔 한 식경이 넘어가도록 시르퀸이 운정의 말을 이해하지 못했기에, 꽤나 힘든 작업이 되었다.

하지만 운정은 끈질기게 시르퀸에게 설명했고, 그녀는 뭔가 깨달은 듯 박수 한 번을 쳤다.

"Llet em tuoba cigam."

운정은 마지막 단어가 마법을 뜻하는 단어임을 알았다. 그것에 중요한 정보가 담긴 것이라 생각한 운정은 자리에서 벌떡 일어나더니, 한쪽에 섰다.

그러곤 제자리에서 마구 달리는 시늉을 했다. 그러나 자신이 제자리에 있다는 것을 강조하면서 두 팔로 자기 다리를 가리켰다. 손을 앞으로 뻗어 나가고자 하는 욕구를 표현하면서 나아가지 않는 몸의 답답함을 표정으로 연기했다.

희극인들도 칭찬을 아끼지 않을 그 연기에 시르퀸은 살짝 미소 짓더니 곧 나뭇가지를 집어 들어 땅에 그림을 그리기 시작했다.

그녀는 우선 두 개의 원반 같은 것을 그렸다.

그리고 하나의 원반에서 다른 원반으로 포물선으로 연결했다.

그러곤 그 원반에서 같은 원반으로 또 다른 포물선으로 연결했다.

그녀는 첫 번째로 그린 포물선을 가리키며 말했다.

"On."

그리고 두 번째로 그린 포물선을 가리키며 말했다.

"Sey."

운정이 눈초리를 모으자, 그녀는 같은 말을 반복했다.

앞에서 보고 있던 정채린은 시르퀸의 옆으로 와 그것을 정방향으로 보곤 말했다.

"알겠습니다."

운정이 물었다.

"무슨 뜻인 것 같습니까?"

"중원에서 이계로 간 것이 아니라, 중원에서 중원으로 갔다는 말 아닙니까?"

그 말을 들은 운정은 즉시 고개를 끄덕였다.

"아, 그러니까 그 푸른 빛으로 이동한 것은 차원을 넘어서 이동한 것이 아니라 단지 중원 내에서 멀리 이동한 것이라는 뜻이군요."

"그렇게 보입니다."

시르퀸은 그들이 그녀의 말을 알아듣자 조금 신이 났는지,

이런저런 말을 써 가며 설명하기 시작했다.

하지만 태반이 처음 듣는 단어다 보니, 운정은 그 말을 전혀 이해할 수 없었다.

그는 대강 알겠다는 손짓을 한 후, 바닥에 산을 그러곤 그 산에서 벗어나는 포물선을 그리며 물었다.

"Tuo?"

시르퀸은 고개를 연신 끄덕였다.

"Thgir! Thgir!"

운정이 정채린에게 말했다.

"무당산에선 벗어난 것 같습니다. 아마 생각보다 훨씬 멀리 이동했을 것 같습니다."

"……."

정채린은 한동안 말없이 고민에 빠졌다.

운정이 조심스럽게 물었다.

"무당산에 없다면 철수해야 하지 않겠습니까?"

정채린이 대답했다.

"납치당하지 않고 살해당하셨을 수도 있습니다. 그럴 경우를 대비해서 우선 시신이라도 수색해 봐야 할 듯합니다."

숙부의 죽음을 담담히 말하는 정채린의 어투는 매우 차분했다.

운정은 시르퀸을 보더니 작게 한마디 했다.

"Ew Tiaw."

시르퀸은 고개를 끄덕였다.

그 뒤 해가 떠오를 때까지, 한 부대의 매화검수도 돌아오지 않았다.

그러나 해가 점차 중천을 향해 나아가자, 서서히 한두 부대씩 돌아오기 시작했고, 결국 마지막 부대를 남겨 두고 모든 매화검수들이 도착했다.

그동안 경계를 하던 매화검수 둘과 정채린은 산에서 멧돼지를 잡아, 검수들을 위해서 요리를 해 놓았다.

피를 빼고 불에 구워 소금으로 간을 맞춘 단순한 요리였지만, 허기가 진 매화검수들에겐 산해진미가 따로 없었다.

아무것도 발견할 수 없었다는 똑같은 보고가 이어지자, 정채린의 표정은 펴질 줄 몰랐다.

그녀는 직접 자기가 나서서 수색을 하고 싶었지만, 그것은 그것대로 검수들을 믿지 못한다는 뜻이 됨으로 함부로 행동에 옮길 수 없었다.

다만 아직 도착하지 않은 마지막 부대가 뭔가 실마리를 얻었기를 바랄 뿐이었다.

그렇다면 애초에 왜 자신은 이곳에서 나서지 않고 남았을까?

운정과 시르퀸을 감시해야 하기 때문에?

정채린은 머리를 흔들어 그 의문을 머릿속에서 지워 버렸다.

어느새 그녀에게 다가온 한근농은 잘 구워진 다리 한 짝을 그녀에게 내밀며 말했다.

"좀 드십시오. 어제부터 아무것도 먹지 않았습니다."

정채린은 한숨을 쉬더니 말했다.

"육식하면 거북해."

화산의 내공심법은 육식에 큰 영향을 받지 않지만, 그래도 도교에 그 뿌리를 두고 있어 아주 괜찮은 것만은 아니다.

동물을 사냥해서 먹는 것이 가장 간편하기에 그렇게 한 것이지, 만약 임무 수행 도중이 아니었다면 생식을 했을 것이다.

한근농이 말했다.

"그래도 먹지 않는 것보단 좋습니다. 판단력이 흐려지시면 우리가 위험합니다, 단주."

정채린은 마지못해 그 다리를 들었다. 그리고 한 입 물었는데, 그 순간 입안에 침이 가득히 고이는 것이 느껴졌다.

이름 모를 멧돼지의 다리는 조금은 퍽퍽하지만 그런대로 먹을 만했다.

그녀는 고기를 씹으면서 운정을 흘겨보았다.

육식을 하지 않는 운정은 자신이 먹을 것은 자신이 알아서 구해 오겠다며, 이곳저곳을 뒤져 칡을 캐먹었다. 그리고 어디서 또 과일을 구해 왔는지 그것을 여요괴와 나눠 먹었다.

그러곤 둘이 누워서 마음 편히 잠을 청했는데, 그 모습이 어린아이가 어머니의 품에서 자는 것처럼 너무나 편안해 보였다.

누가 과연 적이 될지도 모르는 사람들에 둘러싸여 저럴 수 있을까?

적당히 씹어 삼킨 정채린이 말했다.

"아직 한 부대가 안 왔지? 누가 이끌고 있어?"

"호순 사제입니다. 소 사매가 속한 곳입니다."

"맡은 방위는?"

"북동이었습니다."

"별일 없어야 할 텐데."

"지리적으로 봤을 때 가장 먼 곳까지 수색해야 하는 방위입니다. 그래서 시간이 더 걸릴 겁니다."

"그렇기에 애초에 내공이 심후하고 경공에 조예가 깊은 검수들로 짜지 않았어? 부단주라면 그랬을 것 같은데."

"……."

한근농은 아무런 말도 하지 않았다.

그는 정채린이 어설픈 위로를 그냥 그대로 듣는 사람이 아니라는 것을 다시 한번 느꼈다. 여자가 아니라 상관임을 확실히 하려는 것인지 모르겠지만.

정채린은 무표정으로 멧돼지의 앞다리를 뜯으며 북동쪽을 지그시 바라보았다.

그런 그녀를 보던 한근농은 거의 다 식사를 마친 검수들을 둘러보고는 다시 정채린에게 말했다.

"검수들에게 철수 준비를 시킬까요?"

"그래야지. 마음 같아서는 이곳에서 지키고 싶… 잠깐. 저기. 봐 봐."

정채린이 북동쪽을 가리켰고, 한근농은 즉시 안력을 모아 그곳을 보곤 중얼거렸다.

"마기(魔氣)……."

정채린은 자리에서 벌떡 일어나며 말했다.

"검수들에게 전투 준비를 일러. 저 정도 마기면……."

한근농이 긴장한 목소리로 말했다.

"최소 천마입니다."

"……."

정채린은 반도 먹지 못한 뒷다리를 바닥에 버리곤, 자리에서 일어나 검을 뽑아 들었다.

느긋하던 매화검수들이 모두 전투태세를 갖출 때쯤, 하늘을 흐리는 흉흉한 마기를 몰고 다니는 사내가 정채린 앞에 섰다.

마기로 점쳐진 강렬한 양기.

그것은 중천에 떠 있는 태양만큼이나 강렬한 것이었다. 아니, 그보다 더한 기운을 내포하고 있어 도저히 사람의 몸을 입고 담을 수 없는 지경이었다.

그러나 그런 광포한 기운을 전신에서 발산하며 눈 하나 깜짝하지 않는 사내는 매화검수들을 천천히 둘러보다가 곧 나지막하게 말했다.

"천마신교의 대장로(大長老), 피월려라 한다. 매화검수들이군."

심검마선(心劍魔仙) 피월려.

그 이름이 주는 중압감은 그가 몰고 온 마기보다 더했다.

"처, 천하제일고수(天下第一高手)……."

한근농은 자기도 모르게 그렇게 중얼거렸다.

순간 매화검을 놓쳐 버릴 뻔했지만, 가까스로 손아귀에 힘을 주어 망신을 면했다.

하지만 곧 정신을 차리고 의심의 눈초리로 피월려를 훑어보았다. 넓디넓은 전 중원의 일인자가 갑자기 이곳에 튀어나왔다고 믿겨지지 않았기 때문이다.

한근농의 시선이 먼저 향한 곳은 바로 피월려의 오른손. 심검마선의 심검(心劍)은 특이하게도 옥소에서부터 나온다고 알려져 있었기 때문에, 그것을 찾으려 한 것이다.

그가 보니, 과연 그 사내는 오른손에 반투명한 피리 같은 것을 들고 있었다.

하지만 그것만으로 단정할 수 없어 한근농은 계속 의심을 거듭했는데, 그런 그의 생각에 찬물을 끼얹은 사람이 있었다.

"오랜만입니다, 피 공자."

정채린은 고개를 숙여 인사했다.

그녀의 말에 매화검수들은 경악을 금치 못한 채 정채린을 돌아봤다.

그녀가 천하제일고수인 것을 넘어서 천마신교의 신물주인 피월려와 개인적인 인연이 있으리라곤 생각조차 할 수 없었기 때문이다. 그것도 피 공자라 부를 정도의 사이일 줄이야.

하지만 곧 답은 나왔다.

"오랜만이오, 정 소저. 부교주께서 정해진 시간에 돌아오지 않아 화산의 기운을 따라 와 봤는데, 매화검수가 기다리고 있을 줄은 몰랐군."

피월려의 말에 정채린이 대답했다.

"저희도 숙부님을 찾아보고 있었습니다. 혹 무당산에 수상한 기운이 도사리고 있다는 걸 숙부님께 알려 주신 흑도인이 피 공자이셨습니까?"

"그렇소."

"역시 그랬군요."

한근농은 곧 정채린의 숙부인 나지오가 천마신교에선 부교주의 자리에 있다는 것을 기억했다.

즉, 정채린은 나지오를 통해서 피월려를 아는 것이다.

하지만 서로가 사용하는 호칭을 보면 마치 오래전부터 알았던 것처럼 보여 마음 한편이 조금 시렸다.

왜 정채린은 단 한 번도 심검마선에 대해서 말한 적이 없을까?

한근농이 의문을 품은 사이 피월려가 말했다.

"내가 알기론 매화검수들은 다른 오악을 조사하러 간다고 알고 있었는데, 아닌가 보오? 부교주가 매화검수를 이곳에 굳이 데려온 것을 보니 이계인과의 싸움을 통해 화산의 후배들이 성장하길 바라셨나 보군."

"저희들의 동선을 천마신교에게 보고할 의무는 없습니다."

"……."

피월려를 정채린을 지그시 보았고, 정채린도 담담한 눈길로 그를 마주 보았다. 피월려는 먼저 눈길을 돌려 운정과 시르퀸에게 시선을 고정하곤 정채린에게 물었다.

"저들은?"

"그 또한 말씀드릴 수 없습니다."

"화산에 있었던 요괴와의 접촉은 부교주에게 들어서 조금 알고 있소. 통역사를 부른 이유와 연관되어 있는 것이오?"

"제 숙부님은 화산의 어른이시만, 천마신교의 부교주이시기도 합니다. 때문에 화산의 모든 일에 관여하실 수 없습니다."

"그 뜻은 천마신교의 인물인 내가 더 이상 화산의 일에 상관치 말라는 것이오?"

"그렇습니다, 심검마선."

정채린의 딱딱한 말에, 한근농은 침을 꿀떡 삼켰다. 그는 다른 매화검수들을 이리저리 둘러보며 눈치를 살폈는데, 모두들 긴장이 역력한 표정으로 서로를 돌아보고 있었다.

피월려는 피식 웃더니 팔짱을 꼈다.

"좋소, 검봉. 화산의 일은 내가 상관치 않겠소. 하지만 천마신교의 일에는 물러설 수 없소. 부교주는 어디 있소?"

"다시 말씀드리지만, 우리도 수색 중에 있습니다."

"그 말을 어찌 믿소?"

"믿지 않으셔도 상관없습니다. 하지만 전 진실을 말했으니, 심검마선께서 무력을 동원하진다면 그 책임은 천마신교에 있을 것입니다."

"오호? 말솜씨가 많이 늘었소?"

정채린은 말하지 않고 왼손을 슬쩍 옆으로 뻗어 손가락을 살짝 꼬았다.

그것을 확인한 매화검수들은 한숨을 내쉬거나 입술을 살짝 물었다. 그러나 명을 어길 수는 없는 법. 그들은 억지로 몸을 움직였다.

서서히 검을 뽑으며 대형을 갖추는 그들을 여유롭게 감상하며 피월려가 말했다.

"Esimorp ot llet em tahw neppah, neht I lliw evas uoy dna pleh uoy gniog emoh."

갑자기 그의 입에서 튀어나온 이계어.

모두의 눈동자가 커진 가운데, 시르퀸이 대답했다.

"Ylno htiw mih."

그 말을 들은 피월려는 깊은 눈빛으로 운정을 보았다.

곧 그의 눈썹이 꿈틀거렸다.

"무당파? 은거기인이로군. 살기가 없는 걸로 보니, 일단 우리의 일은 나중에 논하자는 뜻으로 알겠소."

그 순간 피월려의 신형이 앞으로 쭈욱 늘어나 정채린에게 쏜살같이 달려왔다.

그 즉시 사방에서 수십 다발의 검기가 피월려에게 쏘아졌다. 그 긴박한 가운데도 매화검수들은 본능적으로 검기를 생성한 것이다.

정채린은 그 안으로 암향표를 펼쳐 들어갔다.

모든 검기들이 피월려의 몸에 닿을 쯤, 피월려는 왼손으로 품에서 무언가 꺼냈다.

그것이 공기 중에 노출되자, 그 순간 모든 대자연의 기운이 정지했고, 그것은 곧 검기의 소멸로 이어졌다.

“진보(辰寶)다! 발경을 멈추고 접근해! 대매화검진(大梅花劍陳)을 펼친다.”

정채린의 외침에 모든 매화검수들은 검기를 거두고 각자의 위치로 갔다.

천마신교 교주에겐 공방십이보(工房十二寶)라는 열두 개의 보물이 있다.

그중 진보(辰寶)라 불리는 보물은 공기 중에 노출되면 주변의 대자연의 기운을 멈추는 놀라운 능력을 가지고 있었다.

때문에 진보를 꺼내 들면 일정 범위 내에서 검기든 검강이든 마법이든 술법이든, 인위적인 기의 운용은 그 어떠한 것도 소멸시키며, 오로지 물질에 내제되어 있는 기운만이 살아남는다.

즉, 내력까지 사라지는 것은 아니기에, 한근농은 접근전을 명령한 것이다.

천마신교만이 소유한 절세의 보물. 그것이 없다 해도 대매화검진과 막상막하인데, 그것을 지닌 상태라면 반 이상 죽어도 이상하지 않다.

매화검수들은 피월려에게 접근하면서 목숨을 각오해야 한다는 생각을 했고, 동시에 정채린을 향한 원망을 하지 않을 수 없었다.

백도에서도 추앙받는 심검마선에게 뭐 하러 그리 무례하게 굴어 대원들의 희생을 자초한단 말인가?

하지만 한편으로는 천하제일고수 앞에서도 주눅 들지 않고 공격을 명령하는 정채린의 배포를 보고 대단하다는 생각도 들었다.

사실 그들은 화산파의 무력을 대표하는 매화검수이니, 흑도인 앞에서 조금도 물러서면 안 되는 것이 맞다.

매화검수들은 극도로 긴장한 가운데 있었지만, 매일같이 연습을 통해 이룩한 대매화검진은 그들의 몸이 알아서 만들어 주었다.

또한 흔들림 없는 정채린의 말에 용기를 얻은 그들은 천하제일고수라는 그 이름에서 오는 중압감을 상당수 덜어 낼 수 있었다.

"내공(內攻)!"

정채린의 외침에 여덟 명의 매화검수들이 검을 뽑고 피월려에게 달려들었다.

피월려는 진보를 품에 숨겼다. 그리고 오른손으로 든 옥소를 크게 휘두르며 한 바퀴를 돌았다.

가장 앞에서 그를 향해 검을 내지르던 여덟 명의 매화검수들은 역류하는 내력을 느껴 그 즉시 보법을 멈춰야 했다. 그러곤 속에서 올라오는 핏물을 그대로 땅에 토해 냈다.

무슨 영문인지 알 수 없었기에, 모두들 놀라 피월려에게 접근하지 못했다.

피월려는 춤사위를 추듯 옥소를 품에 갈무리하고 도도하게 섰다. 그리고 그런 그의 주변에서 고운 소리가 여러 차례 울렸다.

팅— 티잉. 팅.

땅에 튕겨진 여덟 조각은 모두 깨끗하게 잘려 나간 매화검의 검날이었다.

이제 보니, 소리도 없이 매화검이 잘려 나가 그 속에 내포된 내력이 역류해 피를 토한 것이다.

모두들 얼떨떨한 가운데, 정채린은 피월려의 옥소 위에 덧씌워진 반투명한 검신을 보며 말했다.

"저것이 심검이다."

"……."

"최선을 다해 상대해 봐."

피월려는 살짝 미소를 띠더니 정채린에게 말했다.

"이제 보니 검봉이 나를 도발한 이유가 검수들의 정진을 위함이었군."

정채린이 대답했다.

"심검마선의 성정을 잘 아니까요."

"……."

"어차피 저들을 데려가는 것을 허락할 순 없습니다. 막아야 하니, 양해 부탁드리겠습니다."

"내가 저들을 데려갈 줄 알았소?"

"처음부터."

"말솜씨만 는 것이 아니라 눈치도 늘었소?"

정채린은 피월려를 무시하곤 매화검수들에게 말했다.

"가진 모든 것을 쏟아부어 그를 공격해. 우릴 해할 생각이 없다는 것이 확실해졌으니, 대매화검진을 풀고 각자 원하는 방식으로 공격해서 개인의 정진을 노려."

그 말을 들은 피월려는 더욱 깊어진 미소를 지었다.

그런 그에게 처음 검을 내지른 것은 한근농. 매화검수들 중 가장 눈치가 빠른 사람답게, 정채린과 피월려의 대화에서 현 상황을 가장 빠르게 파악하곤 평생 다시 오지 않을 이 기회를 잡은 것이다.

그는 그가 가장 자신 있는 최고의 수, 매화만개(梅花滿開)를 피월려를 향해 펼쳤다.

사방이 무수히 꽃피는 매화들.

피월려가 진보를 꺼내자, 모든 꽃잎이 사라지고 앙상한 가지 하나만 남게 되었다.

피월려는 오른손을 살짝 쳐올려, 심검으로 그 가지를 중간에서 잘라 버렸다.

"크학!"

매화검이 중간에서 잘려 나가자, 한근농은 손을 타고 역류하는 내력 때문에 그 자리에 주저앉을 수밖에 없었다. 그러곤 입가에서 피 한줄기를 흘렸는데, 그는 믿을 수 없다는 표정으로 피월려를 올려다보았다.

피월려가 말했다.

"다음."

한근농은 이를 악물고는 외쳤다.

"뭡니까!"

피월려는 나지막하게 말했다.

"파훼(破毁)지. 아니라 할 텐가?"

"그, 그건 파훼한 것이 아닙니다! 그, 그저……."

피월려는 무덤덤하게 한근농의 말을 잘랐다.

"이계인에게 패배한다면 이보다 더 허무한 수법에 당할 것이다."

"……."

"다음."

피월려의 말에 매화검수들은 눈치를 보다가 결국 한두 명씩 나서기 시작했다.

그중에는 홀로 공격한 자들이 대부분이었지만, 쌍으로 공격한 사람, 그리고 다섯이 모여 매화검진으로 공격한 자들도 있었다. 그들이 사용한 검공들도 제각각으로 또 그 검공 안에서의 수법도 각양각색이었다.

하지만 한 가지 공통점이 있었다면, 결국 모두 매화검이 잘려 역류한 내력 때문에 피를 토해야 했다는 점이다.

모든 이의 검을 자른 피월려가 마지막으로 정채린을 보며 말했다.

"검봉도 하겠소?"

"저까지 당하면 누가 이끌겠습니까? 아쉽지만 뒤로 미루겠습니다."

"그렇다면야. 다음에 보시오."

피월려는 천천히 운정과 시르퀸에게 걸어갔다. 그는 운정을 보더니 말했다.

“같이 가겠나? 여긴 자리가 영 아니군.”

“…….”

“가는 길에 무당파의 무학에 관한 것도 듣고 싶고.”

그의 말에 운정은 기억나는 것이 있었다. 무당파의 천하제일 고수였던 검선을 꺾은 자가 바로 심검마선이라는 것을.

악감정은 없었다. 어차피 사문에 그리 큰마음이 있던 것이 아니니까.

하지만 묻고 싶은 것은 참으로 많았다. 전 중원에서 가장 강한 고수인 만큼 무학에 관해 대답해 줄 수 있는 것이 가장 많을 것이기 때문이다.

운정은 호기심으로 반짝거리는 두 눈을 하고 고개를 연신 끄덕였다.

피월려는 헛기침을 하며 슬며시 눈길을 돌렸다.

“주소군보다 예쁜 남자가 존재할 줄이야.”

그는 천천히 걸음을 옮기기 시작했고, 운정과 시르퀸은 그를 따라나섰다.

정채린은 그런 그들의 뒷모습을 보다가 툭하니 말했다.

“인사도 없이 가네.”

한숨을 연이어 쉰 그녀는 곧 운기조식을 행하는 매화검수들에게 진기를 나누어 주며 회복을 도왔다.

백도무공의 장점은 무엇보다도 제자들이 똑같이 정순한 내공을 익히기에 진기의 성질이 같다는 점이다. 때문에 서로의 내력을 무리 없이 나눠 줄 수 있으며 내력 간의 마찰이 적어 낭비되는 것이 거의 없다.

시간이 지남에 따라, 먼저 회복한 매화검수들은 다른 이들의 회복을 도왔다.

때문에 전체적인 회복력은 기하급수적으로 늘어났고, 그날 밤이 찾아오기도 전에 매화검수들은 완벽까진 아니어도 전투에 임할 만큼은 회복했다.

운기조식에서 깨어난 한근농은 검수들을 둘러보았는데, 더 이상 기운을 나눠 줄 사람이 없었다. 다들 내력의 회복보단, 과부화된 기혈을 다스리는 데 집중하는 마지막 단계에 있었기 때문이다.

그는 한편에 서서 주변을 경계하고 있는 정채린에게 가다갔다.

바위에 걸터앉은 채 석양이 진 하늘의 고운 빛을 한 몸으로 받는 그녀는 풀잎 하나를 입에 넣고 천천히 씹으며 깊은 생각에 빠져 있었다.

멍한 눈길을 보니, 경계를 하는 척만 하는 것이 분명했다.

그가 말을 꺼내려 했는데, 그의 인기척을 먼저 느낀 정채린이 먼저 말했다.

"다 회복했니?"

"예, 사저."

"다행이네."

한근농은 잠시 잠깐 침묵했다가 곧 속내를 털어놓았다.

"심검마선이… 왜 우리의 정진을 도운 겁니까?"

정채린은 여전히 먼 곳에 시선을 둔 채 대답했다.

"그는 중원이 하나가 되어 이계를 상대해야 한다고 믿지. 흑과 백을 떠나서 무림의 힘이 뒤처지면 안 된다고 생각해."

한근농은 최대한 자연스럽게 물었다.

"그와 잘 아시는 사이십니까?"

정채린은 슬쩍 한근농을 흘겨보았다. 한근농은 최대한 노력해서 그 표정에 아무런 감정도 담지 않으려 했다.

짧은 침묵의 시간이 지나고 곧 정채린은 고개를 다시 돌려 먼 곳을 바라보았다.

속내를 들키지 않았을까? 스스로의 표정을 볼 수 없던 한근농은 그렇게 믿고 싶었다.

정채린이 툭하니 말했다.

"숙부께 들은 말이야. 직접적인 인연은 그리 깊지 않아."

한근농이 이해했다는 듯 말했다.

"정 사저는 처음부터 그가 우리의 목숨을 거두지 않을 거라고 확신하셨던 같습니다."

"피 공자… 아니, 심검마선이 말했지. 숙부께서 우리를 데리고 무당산에 온 것은 이계인과의 싸움을 통해 성장하길 바라셨기 때문이라고. 숙부님이 그토록 생각하는 우리를 그가 함부로 할 수 있을까? 못 해. 숙부님과 각별한 사이니까."

"그래서 상황을 비무로 바꾸기 위해서 그렇게 무례하게 말씀하신 것입니까?"

"검수들이 자기들이 안전하다는 사실을 모른 채 그와 싸운다면 가장 이상적인 비무가 될 것이라 생각했어."

한근농은 턱을 괬다.

"생각해 보면, 그 상황에서 저처럼 뭔가 이상하다는 걸 눈치챈 사람은 별로 없었던 것 같습니다. 사저 뜻대로 되었습니다."

"다들 긴가민가했을 거야. 어쨌든 할 말을 했어. 실제로 내가 심검마선에게 우리의 일을 일일이 다 보고할 수 없었으니까. 특히나 검수들 앞에서 그러면 안 되고. 어차피 질 거, 제대로 지자는 거였지."

한근농은 정채린의 생각을 완전히 이해할 수 있었다.

어차피 심검마선에겐 무력으론 질 것이고 또 심검마선의 성정상 검수들의 목숨에는 지장을 없을 것이다.

그렇다면 화산파의 매화검수로서 지킬 체면은 모두 지키면서 무공의 가르침만 한 수 받는 것이 가장 이상적인 것이다.

한근농은 정채린의 판단이 단순히 객기에서 비롯된 것이 아님을 확인하곤 고개를 끄덕였다.

그러나 그렇다고 해서 현 상황이 좋아지는 것은 아니다.

그는 한숨을 쉬었다.

"하아, 사문으로 돌아가서 무슨 말을 해야 할지 모르겠습니다. 향검께서 실종되었고, 요괴와도 사이가 틀어졌습니다. 엄한 문책을 당해도 변명거리가 없을 것입니다."

정채린이 대답했다.

"오히려 그게 나아."

"예?"

"숙부님은 마음으론 화산을 사랑하시기에, 화산에 다른 마음을 품은 자가 없을 거라고 생각하셨지. 그렇기에 요괴의 말을 믿지 않았어. 하지만 내 생각은 달라. 냉정하게 생각해서 그 상황에 요괴가 거짓을 말할 이유가 없어. 어차피 화산에 연락해 보면 바로 들통날 거짓말을 해서 뭐 해. 운정 도사님도 마찬가지. 화산에 해를 끼칠 이유가 전혀 없으신 분이야."

"……."

"여요괴와 운정 도사님이 화산에 돌아가시면 정말로 돌이킬 수 없는 일이 일어날지도 모르지."

담담한 표정으로 무서운 말을 정채린을 올려다보며, 한근농이 떨리는 목소리로 말했다.

"사저… 설마?"

"백도라는 그 틀. 거기서 벗어나지 못한 사문의 어르신들이 많지. 우리들도 힘든데 오죽하시겠어. 그분들에게 가장 걸림돌인 숙부님이 사라지셨으니, 이제 표면에 모습을 드러낼지 몰라. 그런 세력이 있다는 가정하에, 우리가 조용히 기다리면 곧 보일 거야. 없다면, 다행이고."

한근농은 말없이 정채린을 응시했다.

정채린의 표정에는 조금의 근심도 없어 보였다.

이젠 얼마나 깊은 생각을 하는지, 감도 잡히지 않는다.

한근농이 말했다.

"향검께서는……."

"천하제일고수가 못 찾는다면 우리도 못 찾는 거야. 그 부분엔 심검마선에게 맡기고 마음을 놓기로 했어."

"괜찮으십니까, 사저?"

"변후를 잃고도 임무를 속행하는 네 앞에서, 내가 숙부의 안위에 집착할 수는 없지. 네 말을 듣고 귀환할걸 그랬어. 하루를 버렸네."

그 말을 듣고는 한근농은 마음 한편에 묻어 둔 슬픔을 한 번 더 억눌렀다.

엄밀히 말하면 변후는 이미 죽었고, 죽은 것이 확정이기에 마음 놓고 슬퍼하면 그만이다.

하지만 나지오는 죽었는지 살았는지도 모르니, 오히려 더 마음이 쓰인다.

그러니 겨우 바위 위에서 먼 곳을 응시하는 정도로 정신을 추스르는 정채린를 보며 한근농은 다시 한번 부끄러움을 느낄 수밖에 없었다.

그가 말했다.

"사저, 일단은 무림맹으로 귀환하는 것이 어떻습니까? 본래 임무는 오악의 상태를 직접 눈으로 확인하는 것이고, 그것을 완수하는 것이 먼저니 바로 본 파로 귀환하지 않아도 될 명분이 있습니다."

"그보다는 심검마선과 시시비비를 가르느라 회복해야 되서 바로 귀환할 수 없다고 하는 게 더 명분이 서지 않을까? 그 김에 매화검도 충원해 달라고 하고. 다 부려져서 쓸 수 있는 게 없잖아.”
“…….”
“안 그래?”
설마 이것까지 생각한 것인가?
아님 그저 잘 맞은 것뿐인가?
한근농은 혀를 내두를 수밖에 없었다.
그는 포권을 취하며 말했다.
“예, 사저. 심검마선이 검만 부러뜨렸다는 걸 강조해서 이번 일이 본 파와 천마신교 간의 분쟁으로 이어지지 않게끔 보고하겠습니다. 그리고 또 본 파 내부의 조사도 이 일을 맡길 만한 제자에게 부탁해 보겠습니다.”
정채린은 고개를 끄덕였다.
“우리가 곧바로 귀환하지 않아야, 숙부께 반하는 세력이 움직일 가능성이 더 크지.”
한근농이 한숨을 푹 쉬더니 눈을 감곤 말했다.
“혹시, 혹시 말입니다.”
“응?”
“만약 그 세력이 화산의 뜻이라면 어떻습니까?”
“무슨 말이야?”
“백도의 기둥이던 본 파가, 아니, 그것을 넘어서 무림맹 전체가 흑도의 본산인 천마신교와 이토록 화친할 수 있는 이유는 바로 입신의 고수이신 태룡향검의 영향력 때문입니다. 시대가 바뀌었다는 명분 아래서, 그 흐름을 향검께서 억지로 이끌고

간 점은 분명 있습니다."

"……."

"그 영향력이 없다면, 무림맹은 사실 천마신교가 아니라 청룡궁과 함께해도 이상할 것이 없습니다. 어찌 됐든 동쪽의 백도세력이 현 청룡궁의 전신이지 않습니까?"

"그랬다면 그들이 지금껏 청룡궁이라 불릴 이유가 없어. 청룡궁의 중심은 청룡궁이지 백도세력이 아니야."

"그래도 우리와 피를 피로 씻었던 천마신교보단 가깝습니다."

"……."

"만약 장문인께서 천마신교와 척을 지기로 결정한다면……. 즉, 그것이야말로 일부의 생각이 아닌 화산의 뜻이 된다면, 사저께서는 어찌하실 생각입니까? 그때를 대비해서 미리 생각해두셔야 할 것입니다."

정채린은 그 말을 듣고 처음으로 얼굴에 감정을 내비치며 획하고 한근농을 돌아봤다.

그것은 분노였다.

"난 화산의 검봉이야. 매화검수의 단주고. 나를 능멸하지 마."

"그렇다면 전 정 사저께서 숙부이신 향검보단 화산을 따르리라고 믿겠습니다."

한근농의 눈빛은 강렬했다. 정채린이 지금껏 그에게서 그토록 강한 눈빛으로 본 적이 없었다.

그것은 정채린이 고개를 먼저 돌릴 때까지 계속되었다.

정채린이 나지막하게 말했다.

"확실히 해 두겠다. 화산의 뜻이 무엇이든 나는 그것을 따르겠어. 하지만 숙부와 다른 생각을 가진 세력이 일부라면 그들이야말로 도려내야 할 환부다. 너도 잊지 마."

"잘 알고 있습니다. 만약 그런 것이라면 제가 나서서 그들을 수색하여 도려내는 데 앞장서겠습니다."

"그래. 내가 숙부보다 화산을 따르겠다는 것을 네가 믿는다니, 나도 네가 어떠한 경우에도 화산을 따르겠다고 믿겠다. 설사 네가 그들과 같은 생각을 품었다고 할지라도 말이야."

"……"

"관건은 화산의 뜻이다. 너나 나의 개인적인 생각이 아니다. 우리가 섬기는 건……"

한근농은 정채린의 말을 잘랐다.

"화산. 그 외에 어떠한 것도 될 수 없습니다."

단호한 그 말에 정채린은 고개를 살짝 끄덕였다.

서로의 생각이 다른 것을 확인하자 분위기가 무겁게 가라앉다.

분위기를 어떻게 전환시킬까 고민하던 한근농은 정채린이 걸터앉은 그 바위 아래에 따라 앉으며 편한 목소리로 물었다.

"운정과 여요괴를 그대로 보낸 게 신경 쓰이지 않습니까?"

"뭐, 뭐?"

당황한 목소리를 들으니 한근농은 왠지 모르게 기분이 좋아지는 것과 동시에 마음이 착잡해지는 것을 느꼈다. 동시에 다른 기분이 드니 그도 자기가 느끼는 감정이 무엇인지 제대로 알 수 없었다.

그는 능청스럽게 말했다.

"중요한 인물들인데, 천마신교로 넘어가게 된 것이 마음에 걸립니다."

"그, 그렇지. 주, 중요한 인물들이지."

"아쉽게 되었습니다."

정채린은 최대한 마음을 추스르고는 말했다.

"심검마선은 이미 처음부터 그들을 데려갈 심산이었어. 살아남은 무당파의 제자와 희귀한 이계의 요괴이니, 흥미가 돋을 만하지. 우리로서는 어쩔 수 없었으니, 너무 신경 쓰지 마."

정채린은 적당히 말을 돌렸지만, 그 속에 담긴 안타까움을 완전히 없앨 수는 없었다.

한근농이 뭐라 더 말하려는데, 멀리감치 보법을 펼치고 다가오는 매화검수 여섯을 보고 다른 말을 외치지 않을 수 없었다.

"수색에 나간 마지막 부대인 것 같습니다."

그들은 소청아와 다섯 명의 매화검수들이었다.

한근농의 말을 듣고 그들을 확인한 정채린이 큰 충격을 받은 듯 중얼거렸다.

"그러고 보니 저들을 잊고 있었네……. 무사해서 정말, 정말 다행이야."

한근농은 자리에서 일어났다. 그러곤 참담한 표정을 짓고 있던 정채린의 어깨에 손을 올리곤 말했다.

"사저도 사람입니다."

"……."

"저도 잊고 있었으니, 뭐 이 실수는 서로 함구하도록 하죠, 하하하."

"웃음이 나오니?"

"하하하."

한근농은 보법을 펼쳐 마지막 부대를 마중 나갔고, 정채린도 곧 그를 따랐다.

여섯 중 가장 앞에 선 소청아가 정채린과 한근농에게 인사하며 말했다.

"저희가 가장 늦었군요."

한근농은 뒤에 선 남제자가 등 뒤에 무언가 짊어지고 있다는 것을 보았다. 그 크기가 거대해서 사람의 키를 훌쩍 넘고 있었다.

"가져온 건 뭐지? 호순 사제."

호순이라 불린 그 남제자 대답했다.

"이계의 물건인 것 같습니다."

"이계의 물건?"

한근농이 손짓하자, 호순이 그의 앞에 그것을 내려놓았다. 막 도착한 정채린은 검수들의 상태를 하나하나 살피며 말했다.

"다친 데는?"

평소에 묻지 않는 질문이라 다들 당황해하는 사이 소청아가 가장 먼저 대답했다.

"없어요. 사저야말로 괜찮아요?"

"왜?"

"그런 거 안 물어보잖아요."

"……."

그 말을 듣자 정채린은 꿀 먹은 벙어리처럼 말을 삼켰다.

그 모습조차 너무 생소해서 한근농까지 묘한 눈길로 그녀를 흘겨보곤 곧 이계의 물건에 집중했다.

그것은 황금색으로 그 빛을 잃어 조금 어둑어둑한 기미가 물씬 풍겼다.

반월 모양으로 되어 있었는데, 그 크기가 상당함에도 무게는 매우 가벼운 듯싶었다.

"어떻게 얻게 되지?"

호순이 설명했다.

"한 골짜기에서 발견했습니다. 위치상으로 대강 유추해 본 결과 사이한 기운의 중심지가 아니었나 싶습니다. 처음 찾았을 때는 한 나무 기둥에 박혀 있었는데, 어디선가 던져지거나 튕겨져서 아무렇게나 나무에 박힌 듯합니다."

한근농이 놀라며 되물었다.

"이 큰 것이?"

호순은 대수롭지 않다는 듯 말했다.

"하늘에서 추락했을 수도 있겠습니다. 이계의 물건이니 상식적으로 보기 어렵지 않습니까?"

"흐음… 그 요괴가 쓰던 건가? 뭐 우선은 이건 화산으로 가져가야 할 것 같은데. 어찌 보십니까, 단주?"

정채린은 한근농이 한 말의 저의를 깨닫고는 되물었다.

"무림맹에 가져가면 뺏길 것 같아서 그러니?"

"아무래도 먼저 보겠다고 하지 않겠습니까? 그러곤 이런저런 이유를 들어가면 내주지 않을 것입니다. 운정 도사와 여요괴도 뺏겼는데, 이거라도 화산에 가져가야 체면이 삽니다."

화산으로 갈 것이냐, 무림맹으로 갈 것이냐?

한근농과 정채린은 꽤 오랫동안 서로를 마주 보았다.

결국 정채린이 입을 먼저 열었다.

"그럼 최소 인원을 차출해서 직접 화산으로 옮기도록 하자. 일단은 따라와서 쉬어. 고생했어."

그녀답지 않게 위로의 말을 건넨 정채린이 먼저 보법을 펼쳐 매화검수들이 있는 곳으로 달려 나가자, 그런 그녀의 뒷모습을 멍하니 보던 소청아가 한근농에게 말했다.

"언니는 정말 괜찮은 거예요? 그리고 운정 도사와 여요괴를 빼앗겼다는 건 뭐예요? 그리고 다들 검도 없고……."

"말하자면 길어."

한근농은 전후로 찬찬히 설명해 주었다.

* * *

운정과 시르퀸 그리고 피월려는 높은 능선을 타고 있었다.

높은 봉에서 높은 봉으로 이어진 능선은 나무와 풀이 거의 없는 돌밭으로, 양방향으로 무당산의 장엄한 모습이 낱낱이 보였다.

그러나 사시사철 자욱하던 운무가 정기와 함께 완전히 종적을 감춰 사람의 마음을 뒤흔드는 신비한 현묘함은 없었다.

운정과 시르퀸은 꼭 옆에 붙어 있었고, 피월려는 그들보다 조금 앞에 걸었다.

그는 숲의 축복을 받는 운정과 시르퀸과 걸음을 맞춰 경공을 펼쳤는데, 천하제일고수의 경공이라고 하기에는 꽤나 투박했다.

피월려가 툭하니 말했다.

"신묘한 경공을 기대했다면, 미안하오."

피월려는 운정에게 등을 보이며 걷고 있었지만, 운정의 눈길을 읽은 듯 보였다.

운정이 민망한 표정으로 피월려의 발에서 시선을 돌렸다.

"관찰하려고 한 건 아닙니다. 죄송합니다."

"경공에는 재능도 흥미도 없었소. 그러다 보니 내 제일 큰 약점이 됐지."

운정의 표정이 조금 밝아졌다.

"천하제일고수에게도 약점이 있습니까?"

피월려는 가벼운 목소리로 대답했다.

"과거엔 내게 다가오는 어려움을 회피하다 보면 버릇이 든다고 생각했소. 경공을 먼저 깊이 익혀 두면 상황을 타파하기 위해 노력하기보단 도망부터 치니까."

과연 천하제일고수는 다르다는 생각을 하며 운정이 나지막하게 물었다.

"그런 것이라면 약점이라 할 수 없지 않습니까?"

"알고 보니 그건 변명에 불과했소. 정작 좋은 것을 하나 익히고 나니 마구 남발했었지. 결국 마음의 진실은 내 행동이 말해 주는 것 아니겠소?"

"……."

"신족통이라고 꽤나 좋은 것인데 내력의 소모가 극심하오. 예전 같지 않아서 다시 쓰기 어렵게 되었소. 워낙 내력을 많이 잡아먹어서, 저기 정도 되는 데까지만 움직여도 지금 가진 내력을 모조리 쓸 것이오."

피월려가 손을 들어 가리킨 봉우리는 쭉 뻗은 엄지손가락 하나로 가려질 만큼 멀리 있었다.

운정은 작은 미소를 지으며 말했다.

"제가 아는 그 불계의 신족통이 맞다면 그 거리를 움직이는 것도 가의 신의 경지라 할 만합니다."

피월려는 고개를 살짝 돌렸다.

"진정한 신의 경지에 있을 땐, 전 중원을 돌아다녔소. 내 별호처럼 정말로 마선(魔仙)이었지. 지금이야 반선지경(半仙之境)도 될까 모르겠소."

운정은 샘솟는 호기심을 참을 수 없었다. 그는 최대한 들뜬 목소리를 자제하며 물었다.

“혹여 무슨 일로 낙선(落仙)하셨는지 물어봐도 되겠습니까?”

“낙선? 그것이 의미하는 것이 어떤 것이오? 무당파에 있는 개념이오?”

운정은 설마 자기가 천하제일고수를 가르치게 될지는 꿈에도 몰랐지만, 이 기회에 그가 아는 무당파의 것을 자랑하고 싶다는 생각이 들었다.

아니, 확인하고 싶었다.

“무당파의 가르침 중에는 공과율(功過律)이 있습니다. 그 공과(功過)를 계산하여 일정 수준 이하로 떨어지게 되면, 주화입마에 들게 되어 더 정진할 수 없게 되거나 퇴보하기 이릅니다. 그것이 곧 낙선입니다.”

“공과라 하면 무당파에서 주장하는 선악(善惡)을 말하는 것이오?”

“선악과는 조금 다릅니다.”

“어떻게 말이오?”

운정은 더 신이 나 설명에 설명을 거듭했다.

피월려는 조용히 능선을 거닐며 그의 말을 경청했고, 때로는 날카로운 질문을 던지며 운정을 당황시켰다. 하지만 운정은 그의 놀라운 오성을 통해서 그에 대한 답들과 예시를 즉각 생각해 내 반박하기 이르렀다.

그렇게 얼마나 오랜 시간이 걸렸는지, 달이 떨어지고 다음 해가 떠오를 때까지 대화의 열기가 식을 줄 몰랐다.

해가 중천에 걸리자 피월려는 눈에 보이는 지평선 내에서 가장 높은 봉우리, 그곳의 한쪽에 자리를 잡고 처음으로 휴식을 취했다.

돌부리에 앉은 그는 시르퀸에게 말했다.

“laem?”

시르퀸도 고개를 흔들었다.

피월려는 숨을 깊게 들이마셨다가 내쉬며 운정에게 말했다.

“무당파의 현묘한 가르침을 들으니, 정말 대단한 것 같소. 내가 아는 백도의 가르침은 대부분 불문에서 비롯되었기에, 가장 순수한 도문의 도사에게 도문의 가르침을 받으니 이게 또 참으로 색다른 것 같소.”

운정이 방긋 웃으며 말했다.

“심검마선 어르신께서 그리 생각하시니 다행입니다.”

피월려는 피식 웃더니 말했다.

“어르신이 아니니 그리 생각하실 거 없소.”

“예? 반로환동을 하신 것 아닙니까?”

“하긴 했지만, 그게 그렇다고 단정하긴 어렵소. 몸만 늙은 걸 다시 되돌린 셈이니.”

“그렇다는 뜻은?”

“올해로 서른이오.”

“……”

운정의 말없는 반응에 피월려가 말했다.

“믿어지지 않나 보오?”

“솔직히 그렇습니다.”

"그렇게 말하는 운정 도사에게 역으로 묻고 싶소. 운정 도사께선 반로환동하셨다고 생각되는데, 올해로 연세가 어찌 되시오?"

"이십은 넘겼습니다. 정확히는 모릅니다."

"……."

이번엔 피월려가 말이 없자 운정이 말을 이었다.

"정말입니다."

피월려는 눈을 비비더니 탄식하듯 말했다.

"하긴 너무 순수하긴 했소. 천마신교 장로인 내게 무당파의 가르침을 낱낱이 말해 주다니 말이오. 결국 둘 중 하나가 죽을 거라고 생각하고 나와 무학을 나눈 것이 아니란 말이오?"

"……."

"무당파의 은거기인인 줄 알았더니……. 그럼 내력은 정말로 없는 것이오? 안으로 갈무리되어 내가 못 느끼는 것이 아니라?"

"예, 없습니다."

피월려는 어이없다는 듯 자기 이마를 툭하고 쳤다.

"그럼 지금까지 우리들의 생사혈전으로 어울리는 자리를 지금까지 찾아 헤맨 내 수고가 뭐가 되겠소? 아니, 그보다 몸뚱이는 완전한 환골탈태를 이루셨으면서 내력이 없는 건 무슨 조화이오?"

드넓으면서 평평한 봉우리. 고수 간의 싸움이라면 최적의 장소다.

운정은 이제까지 피월려가 왜 이쪽으로 길을 인도했는지 깨달을 수 있었다. 그는 민망한 듯 머리를 긁적이며 말했다.

"그런 뜻이 있는 줄 몰랐습니다."

피월려는 청명한 하늘을 올려다보다 허탈하다는 듯 말했다.

"어차피 이렇게 된 이상 무학의 대해 논의나 더 합시다. 내 개인적인 호기심도 있고, 또 운정 도사도 내게 묻고 싶은 것도 많이 보이던데, 서로 알려 주는 것이 어떻소?"

운정은 시르퀸을 살짝 보았다.

시르퀸은 방긋 웃으며 말했다.

"Uoy nac tsurt mih."

피월려가 그 둘을 흥미롭게 번갈아 보는데, 운정이 그를 향해 결심한 듯 말했다.

"좋습니다."

그 뒤, 운정은 현 자신의 상태에 대해서 설명했다. 어차피 그가 고민하고 있는 점에 대해 조언을 구하려면 말했어야 하는 부분이기에, 이왕 설명하는 김에 확실히 모든 것을 알려 주었다.

모두 들은 피월려가 말했다.

"그러니까, 내가 정공와 마공을 어떻게 합쳐 마선의 경지에 들었냐고 묻는 것이군."

"전 무당파의 순수한 가르침에서 벗어나고 싶지 않습니다. 다만, 사숙되시는 보향낙선께서 조언을 하시길 검선의 무공 또한 무당파의 가르침이라 하여, 쉽사리 결정하기 어렵습니다. 때문에 검선의 무공과 유사한, 정과 마의 융합의 길에 대해서 알고 싶습니다. 그 뒤 정할 수 있을 듯합니다."

"그 결정을 하기 앞서 우선 자신의 마음을 정리해야 할 것 같소."

"무슨 뜻입니까?"

피월려는 턱을 만지작거리며 설명했다.

"운정 도사는 무당파에 그리 큰 애착이 없는 듯하오. 검선을 죽여 무당파가 멸문하게 된 원인을 제공한 내게 전혀 악감정이 없으니 말이오."

"그야, 저와는 상관없는 일입니다."

단조로운 그 말에 피월려는 다시금 민망함을 느꼈다.

그는 평소에도 사문이 멸문당한, 그 한을 가진 반로환동한 무당파의 후예가 언젠가 자신을 찾아오리라는 그런 상상을 몇 번이고 했었다. 때문에 자기도 모르게 앞서 나간 것이다.

하지만 운정은 악감정은커녕 오히려 동경의 마음을 품고 있는 듯 보였다.

피월려는 운정과 솔직한 대화를 하기로 마음먹었다. 그가 물었다.

"그렇다면 무당파의 무공의 순수성에는 왜 집착을 하시오?"

"예?"

"무당파를 재건해야 한다는 것과 그 무공을 완성하고 싶다는 것을 보면 마치 무당파를 사랑하는 것 같아서 말이오. 하지만 그건 아니지 않소?"

운정은 그 점을 확실히 했다.

"아닙니다."

피월려가 이어 설명했다.

"그렇다면 운정 도사가 무당파의 무공의 순수성을 지키고자 하는 건 무당파를 사랑하기 때문이 아니라……."

운정이 자기도 모르게 피월려의 말을 뺏었다.

"사부님……."

"맞소. 스승님을 사랑하기에 스승님의 유지를 잇고 싶은 것뿐이지. 때문에 그런 모순 속에 계신 것 같소."

"……."

"스승님의 유지를 잇기 위해서 무당파의 순수성을 고집한다면, 무당산의 정기가 사라진 지금 무당파를 재건할 수 없소. 따라서 궁극적으로 스승님의 유언을 지키지 못하게 되는 것이오. 그렇다고 순수성을 포기한다면 스승님의 유지를 잇지 못하는 것이지. 이것이 고민의 핵심이로군."

피월려의 말을 들으니 운정은 머리가 정리되는 것을 느꼈다. 마치 방 안 전체에 이리저리 낙서를 해 놓은 것을 모아다가 종이 위에 한 문장으로 깔끔하게 적은 느낌이었다.

운정이 고개를 크게 끄덕였다.

"예. 그뿐만 아니라 무당산의 정기를 되찾으려면 앞으로 내력이 필요한 일이 많을 텐데, 정기 없이 무당파의 내공심법으로는 내력을 모으는 것은 불가능에 가깝습니다. 검선의 무공이 아니라면 말입니다."

"흐음, 어려운 문제이오. 하지만 실용성을 생각하면 쉬운 문제이오."

"어떻게 말입니까?"

"그냥 검선의 무공을 익히고 무당파를 재건하는 것이지."

"그러면 무당파는 순수성을 잃어버릴 것입니다."

"순수성을 잃어버리기 싫은 그 마음이 진정 스승과 무당파를 위함이오? 아니면 본인이 무당의 신선이 되고 싶어 그런 것이오?"

"예?"

그 날카로운 질문에 운정이 당황해하자, 피월려가 다시금 말했다.

"운정 도사의 말을 듣다보니 든 생각은 운정 도사가 입선하려는 그 마음이 매우 강하다는 것이오. 이는 스승님을 넘어서 어머니의 바람이 아니었소? 그러니 그 마음이야말로 모든 마음 중 가장 앞선 것이오. 따라서 그 마음이 생각의 중심일 수 있소."

"무슨 뜻인지 모르겠습니다."

"솔직히 말하자면, 검선의 무공을 익혀 내력을 모아서 정기를 되찾은 뒤 그 위에 제자들에겐 정순한 무당파의 무공을 익히게 하면 되지 않소? 그렇게 한다면 무당파를 재건하면서 무당파의 순수성까지 지킬 수 있소. 다만 본인의 입선이 망가지겠지. 검선의 무공으론 입선한다면 마선이 될 테니."

운정의 입이 살짝 벌어졌다.

"설마 제가 제 개인적인 욕심을 부린다는 말이십니까?"

"남이 살짝 듣는 것으로 생각해 낼 수 있는 간단한 방법을 왜 운정 도사께선 생각해 내지 못했으리라 생각하시오? 스스로 문제를 복잡하게 만들어, 원하지 않는 해답을 무의식적으로 회피하려는 것 아니겠소?"

"이 문제에 너무 깊게 생각한 나머지 전체를 보지 못한 것뿐입니다."

"진의(眞意)는 아무도 모르오. 본인조차 말이오."

"……."

"그렇지 않소?"

운정은 두 주먹을 꽉 쥐더니, 말했다.

"좋습니다. 그렇게 한다고 합시다. 하지만 그렇게 재건한 무당파가 무당파라 할 수 있겠습니까?"

"검선의 무당파가 무당파가 아니었다 말하는 사람이 있소?"

"검선의 마공이 무당파가 자멸하게 된 원인을 제공했습니다. 그것은 잘못된 것입니다."

"그래서 더욱 발전시키면 되지 않소?"

"원래대로 돌아가는 것도 한 가지 방법입니다."

"둘 다 옳소. 다만 무당산의 정기가 사라진 현 상황에서 어느 쪽이 더 가능성이 있겠소?"

"……."

"검선은 자신의 과율을 잊기 위해서 스스로 무공을 창시했소. 그렇기에 그의 무공은 무당파를 자멸의 결과로 이끌게 된 것이오. 그 근원이 개인적인 욕심에 있었기에 그런 것이오. 즉 마공이라는 수단 때문이 아닌, 개인적인 욕심이라는 목적 때문에 실패한 것이오, 그는."

"……."

"내 짧은 식견으론, 사람은 잘못된 수단 때문에 실패하는 것이 아니라 잘못된 목적 때문에 실패하는 것이더이다. 운정 도사가 무당파의 순수성을 지키려는 것이 개인적인 욕심에서 비롯되었다면, 겉으로 보기엔 검선과 정반대의 길을 걷는 것처럼 보이나 실상은 똑같은 길을 걷는 것이오."

운정의 숨이 흐트러지다 못해 멈췄다.

그는 전신이 현묘함에 압도당하는 듯했다.

어릴 적 사부가 가르침을 내릴 때에 느꼈던 그 느낌, 말로 인해 혼이 쪼개어지는 그 찌르르함이 온몸을 관통하여 아무런 생각조차 하지 못하고 그저 그 현묘함에 삼켜질 듯했다.

하지만 운정은 그 순간 정신을 바로잡았다. 그저 그런 감정에 취해 압도된다 하여 진리에 가까워지는 것이 아니라는 것을 잘 알았기 때문이다.

어릴 때, 그런 기분을 느끼며 맹신하게 된 사부님의 이론이 나중에 나이를 먹고 다시 생각했을 때는 허술하기 짝이 없었던 것도 많았다.

운정은 눈을 감고 흐트러진 숨을 잠시 동안 고르며, 도사의 본분을 기억했다.

모든 것을 냉정히 바라보고 그 속에 담긴 진리를 찾는 것!

다양한 각도로 사물을 바라보듯 다양한 논리로 생각을 판단하는 것!

정신은 고양되었고, 곧 전신을 휘감은 그 감정에서 완전히 동떨어져, 강한 이성을 발휘했다.

그가 눈을 뜨자, 두 눈동자가 맑디맑은 빛으로 빛나고 있었다.

"심검마선께선 정공과 마공의 융합으로 마선에 이르렀다 하셨습니다."

"그렇소."

"제게 그 길을 남기고자 그런 말씀을 하는 것이 아닙니까? 아직 역사가 없는 자신의 유산이 잊히지 않기 위해서 말입니다."

피월려는 입을 살짝 벌리며 감탄했다.

운정의 눈빛을 보고 뭐가 나와도 나오리라 기대했는데, 그의 예상보다 훨씬 더 예사롭지 않은 답이 나왔기 때문이다.

피월려가 말했다.

"아하, 내가 운정 도사에게 순수성을 지키지 말고 검선의 마공을 익히라고 유도하는 그 이유 또한 정공과 마공의 융합이 중원의 최고 무학으로 남기를 바라는 내 개인적인 욕심으로부터 인한 것이라 말하는 것이오?"

"그렇습니다."

"대단히 날카로운 의심이군."

"맞습니까?"

피월려는 어깨를 들썩였다.

"다시 말하지만, 진의는 아무도 모르오. 하긴 그럴 수도 있겠군. 아무런 관계가 없는 운정 도사에게 이런 조언을 해 주는 것을 보면, 그 속에 이기적인 다른 뜻이 담겼을 수도 있겠어."

"……."

"결국 믿고자 하는 것을 믿으시오, 운정 도사. 자등명법등명(自燈明法燈明)이란 말도 있지 않소?"

"부처의 말입니다. 도사가 맹신할 것이 못 됩니다. 그 또한 결국 진리를 깨닫지 못한 부처가 스스로를 위안하려는 개인적인 욕심에서 한 말 아니겠습니까?"

피월려는 속에서 터져 나오는 웃음을 막을 수 없었다.

"크하하! 하하하!"

운정도 따라 웃었다.

"하핫!"

시르퀸은 그 둘을 번갈아 보며 알쏭달쏭한 표정을 지었다.

겨우 웃음을 멈춘 피월려가 물었다.

"운정 도사, 혹시 지낼 곳이 없다면 본 교에 입교하는 건 어떻소?"

"예?"

"천마신교에 말이오. 낙양에 있는 천마신교 낙양본부에 가 구경이라도 해 보시오. 분명 맘에 들 거요."

운정은 미간을 모았다.

"전 무당의 도사입니다."

피월려는 자랑스러운 표정을 지으며 말했다.

"천마신교는 과거를 묻지 않소. 그 어떤 사연을 가진 자라도 입교에서 배재될 수 없소. 천마신교는 말 그대로 마교(魔敎). 만약 운정 도사가 검선의 마공을 익히고 또 발전시킨다면야, 그것은 마교와 도교의 융합이 될 것이니 천마신교에서 마에 관해 공부를 깊이 해야 할 것이오. 지금까지 도문의 공부를 하신 것처럼."

"……."

"물론 마인들도 사람인지라 평생 의심 속에 살아야 하긴 할 것이요. 그러나 운정 도사가 떳떳하고 충성된 모습을 계속해서 보인다면 아무도 뭐라 할 수 없을 것이오. 화산이 자랑하는 나지오 선배가 본 교의 부교주인 것을 보면 모르겠소?"

"하긴, 그 부분도 궁금하긴 했습니다. 천마신교가 어떤 단체기에 그것이 가능한지 말입니다."

"솔직히 말하면 그 부분은 나 선배가 입신의 고수라는 점이 크오. 화산도 본 교도 결국 무림방파. 모든 기준 위에 무가 있으니 말이오."

"역시 그렇습니까?"

"그런 의미에서 운정 도사가 검선의 마공을 익혀 마선에 이른다면, 운정 도사가 세우는 무당파가 곧 새로운 무당파의 정의(定義)가 될 것이며, 그 누구도 그 순수성에 대해서 거론하지 못할 것이오. 천마신교에 속하건 속하지 않건 그것은 중요치 않지."

운정의 시선은 잠깐 땅으로 향했다가 희미하게 미소를 지었다.

"현묘함은 사부님 못지않으시나, 역시 심검마선께선 흑도인이신 것 같습니다. 눈에 보이는 것이 곧 그 존재라 믿으시니 말입니다."

"보이지 않는 사물의 진상(眞相)을 믿으시오?"

"진상이 없다면 신도 없는 것이고, 신이 없다면 도교도 없는 것이고, 도교도 없다면 도문도 없는 것입니다. 무당의 모든 가르침이 흔들립니다."

"보완하면 그만이오. 신조차도 대체할 수 있소."

"처음부터 제대로 쌓아야 합니다. 흔들린다는 것은 처음부터 잘못 쌓았다는 반증입니다."

"도사께선 뼛속부터 백도인이시군. 무당파의 도사이시고."

"그렇다면 사물의 진상을 믿지 않은 마교에서 마신(魔神)을 어찌 정의합니까?"

"본 교의 가르침에서 딱히 사물의 진상을 믿지 말라 하지 않소. 마(魔)란 자기가 자신의 주인이 되는 것이고, 따라서 무엇을 믿을지도 자기 마음이요. 마신이라… 재밌는 말이오. 마선과는 또 다르겠지."

"……."

"그렇게 따지면 정공과 마공의 융합이라는 사실 말도 맞지 않소. 위에서 볼 땐… 이렇게 보면 정공이었고, 저렇게 보면 마공이었을 뿐이지."

운정은 더 말하지 않았다. 앞으로의 대화는 어차피 평행선을 달릴 것임을 알았기에 말을 아낀 것이다. 이를 똑같이 느낀 피월려도 운정에게 더 말하지 않았다.

그는 시르퀸을 보며 말했다.

"Evigrof em. I reven dlot uoy ym eman."

시르퀸이 말했다.

"I ma ton dednuob ot smotsuc fo nem. s'ereht gnihton ot evigrof."

그렇게 대화를 시작한 그들은 한참을 이계어로 자유롭게 말했다.

운정은 그 대화를 옆에서 들으며 묘한 감정에 사로잡혔다.

처음에는 관심과 호기심이 생겼다가 나중에는 소외감과 더불어 불편함이 가중되었고, 곧 참을 수 없는 어색함으로 가득 찼다.

한어로 대화하는 중원인들을 바라보는 시르퀸의 입장이 이런 것일까?

얼마나 지났을까? 그들이 대화하는 도중 높은 하늘 어디선가 상당히 인위적인 기운이 느껴졌다.

피월려가 가장 먼저 돌아보았고, 시르퀸과 운정이 그를 따라 보았다.

그곳에는 하늘의 구름을 가릴 만큼 거대한 날개를 가진 태학 한 마리와, 그 위에 타고 있는 한 동자(童子)가 그들을 향해 날아오고 있었다.

피월려는 편안함으로, 시르퀸은 놀라움으로, 운정은 혐오감으로, 그 셋은 각기 완전히 다른 감정으로 그 학을 보았다.

그들 옆에 태학이 내려앉았고, 그 위에 타고 있던 동자가 천천히 땅을 밟았다. 그 동자는 시르퀸을 뚫어지게 보다가 곧 운정으로 시선을 돌렸는데, 그의 눈 전체를 삼켜 버릴 만큼 그의 눈동자가 커졌다.

그 동자가 뭐라 말하기도전에 운정이 얼굴을 잔뜩 찌푸리며 말했다.

"그 가증한 것을 다루는 걸 보아하니, 현문(玄門)의 도사인 것 같은데 맞습니까?"

동자는 운정를 한참 째려보더니 피월려를 돌아봤다. 대놓고 무시한 것이다.

"어찌 된 것이냐?"

피월려가 부드러운 목소리로 동자에게 말했다.

"설득하여 입교를 권했소."

"그건 나도 보고 들어서 알고 있느니라. 왜 본가의 철천지원수에게 입교를 권했느냐 이 말이다."

"제갈극 어르신도 제갈세가에 마음이 없지 않소? 운정 도사도 마찬가지이오. 그는 무당파에 마음이 없소. 어르신처럼 그저 옛 무당파를 버리고 새로운 무당파로서 유지를 잇고 싶어 할 뿐이오."

"흥."

"나와 생사혈전을 하지 않은 것만으로도 설명된 것 아니겠소? 우리들의 대화를 다 보지 않았소?"

"……."

"그나저나 갔던 일은 어찌 되었소?"

제갈극이라 불린 동자는 양손을 휘적거렸다. 그러자 그 거대한 태학이 순식간에 사라졌다. 그뿐만 아니라, 그의 양손에는 두 거대한 핏빛 장검이 들려 있었다.

"그곳엔 태극지혈 두 자루밖에 남아 있지 않았느니라. 그리고 또 다른 마법의 흔적이 있었지."

"그것이 무슨 뜻이겠소?"

"그곳에서 장거리 공간마법을 한 번 더 펼친 것이니라. 그 와중에 부교주는 태극지혈을 놓친 것이고."

"부교주가 태극지혈을 놓치다니, 가능하겠소?"

"무공으론 답이 없는 상대를 만났거나, 이미 제압이 되었거나. 공간마법의 영향으로 감각의 공유가 완전히 끊겨 버려서 확실한 상황은 모른다. 다음번 도착지는 가면서 더 계산을 해야 나올 것이니라."

"……."

"어떻게 하겠느냐? 가겠느냐?"

"가야지. 부교주를 그냥 둘 순 없지 않소?"

"좋다. 잠시 기다려라."

그렇게 말한 제갈극 눈을 감고는 태극지혈 두 자루를 하늘 높이 치켜들더니, 입으로 뭐라 중얼거렸다. 대략 한 각이나 걸릴 정도로 오랫동안 주문을 외우곤 마지막 말을 이계어로 마쳤다.

[마킹(Marking)]

영혼을 울리는 듯한 목소리.

그것은 언제고 들어 본 것만 같았다.

운정은 그 목소리를 듣고 숨이 멎는 듯했다.

꽤나 경악한 그를 제갈극이 이상하다는 듯 보더니 곧 태극지혈을 그에게 던지며 말했다.

"써라, 본래 무당파의 보물이니 무당파의 도사가 가지는 것이 맞겠지."

"무, 무슨……."

"가자. 피월려."

제갈극이 손을 휘적거리자, 태학이 원래부터 거기 있었던 것처럼 나타났다.

마치 아까 전에 사라진 것이 아니라 투명해졌다가 다시 모습을 보인 것이 아닌가 할 정도로 신묘했다.

제갈극이 먼저 탑승하고 피월려도 이후에 탑승하면서 운정에게 말했다.

"부교주의 일이 먼저라, 이렇게 먼저 자리를 비우겠소. 다만, 낙양에 있는 본부에서 꼭 뵈었으면 하오."

"……."

"태극지혈은 선물이라 생각하시오."

그 말에 제갈극은 앞을 보며 썩은 미소를 지었다. 운정에게 보이지 않게.

그 뒤에 하늘 높이 솟아오르는 태학을 보며 운정은 멍한 표정을 지었다.

갑작스레 나타나 태극지혈 두 자루를 쥐어 버리고 피월려를 데려가 버린 현문의 도사.

운정은 한동안 영문을 몰라 어리둥절한 채로 있을 수밖에 없었다.

"제갈세가라면… 분명 현문으론 제일가(第一家)라고 하셨었지."

그는 우선 앞에 아무렇게나 놓여 있던 태극지혈 두 자루를 천천히 집어 들었다.

하나는 오른손에 정향(貞向)으로, 하나는 왼손에 역수(逆手)로.

양손을 통해 스며드는 감리(坎離)의 기운.

전에 화산에서 나지오가 쥐어 보라고 했던 그 태극지혈임이 분명했다.

그가 아는 무당파의 모든 기운은 하늘과 땅, 즉 건곤(乾坤)의 기운을 기반으로 한다. 하지만 왜 이처럼 극도로 감리의 기운을 띠는 태극지혈이 무당파의 보물이라는 것일까?

"우운저엉?"

시르퀸이 옆에서 그의 이름을 보자 운정은 그녀를 돌아보았다.

그녀도 상황이 이해되지 않긴 마찬가지. 운정은 그녀가 피월려와 무슨 대화를 나눴는지 궁금했지만, 어차피 알 길이 없어 마음을 접었다.

그는 너무나 많은 것이 한 번에 몰려와, 생각을 정리해야 할 필요를 느꼈다. 그가 시르퀸을 보며 말했다.

"갈 곳이 있습니다."

"……."

"시간이 난 김에 사당궁으로 갔으면 좋겠습니다."

그는 언제고 낙선향에서 내려가면 그곳을 찾아가 우향낙선의 제자임을 무당의 신선들 앞에서 고해야 한다는 우향낙선의 말을 기억했다.

삼 일 동안 꼬박 절을 해야 하는 형식적이고 귀찮은 절차이지만, 그동안 생각이 많이 정리되리라.

운정의 묘한 표정을 본 시르퀸은 다시금 알쏭달쏭한 표정을 지어 보였다.

第九章

무당파 사당궁(祠堂宮).

무당파 사당궁은 무당에서 말하는 신선(神仙)을 모신 곳이다. 공간의 제약이 없는 최고신 삼청을 제외한 모든 신선들이 있으며, 그들은 무당의 모든 가르침을 만들고 발전시킨 장본인들이었다.

신선은 본래 허실(虛實), 천지인(天地人), 내외(內外)등 다양한 곳에 근본을 두지만, 사당궁에선 그들을 구분하지 않는다. 허에서 신선이 되었든 실에서 신선이 되었든 자연에서 신선이 되었든 사람에서 신선이 되었든, 외세에서 신선이 되었든 내세에서 신선이 되었든 그 출신은 중요하지 않는다. 신선이 되었다면 응당 자신의 사당을 가질 권리가 있는 것이고, 모든 신선들을 모시는 무당파에는 그들을 위한 사당을 각각 따로 갖춰 놓았다.

그 사당들을 모두 모은 곳이 바로 사당궁. 가파른 절벽 안쪽을 깎아 만든 곳으로 전체적인 공간을 생각한다면 무당파에서 가장 거대한 건축물이었다.

운정은 처음 그곳에 도착하곤 태극지혈 두 자루를 그 앞에 두었다. 사당궁 앞에 써 있는 표지엔 모든 무기를 내려놓으라는 명령문이 적혀 있었기 때문이다.

"Eerht syad."

운정은 삼 일이란 한마디를 시르퀸에게 건냈다. 시르퀸은 그가 이곳에 삼 일을 머무르려 한다는 것을 깨닫고는 말했다.

"I evael. Thginot."

오늘 밤 떠난다.

운정은 혹시나 하는 마음에 물었다.

"카이랄?"

시르퀸은 고개를 끄덕였다.

운정은 미소를 짓더니, 시르퀸에게 다시 말했다.

"llac em."

시르퀸은 다시 고개를 끄덕였다.

운정은 곧 사당궁 앞 입구에서 공손히 구배지례를 한 뒤에, 그 안으로 들어갔다. 그는 입구 바로 안쪽에 모셔진 등과 기름 그리고 부싯돌로, 사당궁의 어둠을 환히 밝히며 천천히 들어가기 시작했다.

햇빛이 보이지 않을 정도로 들어가자 사람이 겨우 들어가서 절을 올릴 만한 크기, 그 정도의 방이 좌우 연속적으로 이어져 있었다. 우선 사당궁 전체 구조를 파악하기 위해서 이리저리 돌아다닌 그는 사당궁이 팔각형으로 되어 있으며 그 안에 팔괘의 묘리가 숨겨져 있다는 것을 깨달았다.

전체를 돌아보고 다시 시작점으로 돌아온 그는 가장 처음부터 있었던 방에 들어갔다. 그곳은 정확히 사각형으로 되어, 마치 방이 아니라 거대한 석궤(石櫃) 안에 들어간 것 같았다.

운정은 그곳 중앙쯤에 놓인 가느다란 향초에 등의 불을 옮겨 심었다.

화— 악!

그 작은 양초에선 도저히 볼 수 없는 크기의 화염이 방 안을 대낮보다 훤히 밝혔다. 어떤 도술이 작용하는지, 향초 자체는 타들어 가지 않았지만 불은 계속되고 있었다.

운정은 공손히 자세를 취하곤 주변을 바라보았다. 방 안의 사방에는 동일한 신선화(神仙畵) 네 폭이 걸려 있었다. 신선화 속에 신선은 아름다운 여인이었고 네 쌍의 눈이 모두 운정을 정확하게 향해 있었다.

운정은 얼른 고개를 숙였다. 그러곤 마음을 완전히 비운 채로 정중히 구배지례를 올렸다.

하나, 둘, 셋… 일곱, 여덟, 아홉.

마지막 절을 하고 자리에서 일어나자 촛불이 확 하고 꺼져 버렸다.

정적이 흘렀다.

운정은 침을 삼키고는 다시 향초에 불을 옮겼다.

화— 악!

운정이 보니, 네 폭의 신선화 속 여인은 모두 몸을 완전히 돌려 등을 보이고 있었다.

"무슨……."

당황한 운정은 한동안 멍하니 있다가, 이내 할 수 있는 것이 구배지례밖에 없다는 걸 깨닫고는 다시금 구배지례를 드렸다.

하나, 둘… 여덟, 아홉.

촛불이 또다시 꺼졌다.

그가 다시 촛불을 켜자, 신선화는 아무것도 없는 백지가 되었다.

"사부님도 이런 말씀은 없으셨는데. 무슨 일인 거지?"

운정은 고개를 갸웃하며 그 방에서 나올 수밖에 없었다.

그는 다음 사당으로 들어갔다. 그리고 전과 같이 중앙에 놓인 향초에 불을 옮겼다.

화— 악!

이번 신선화에는 여인의 속옷만 입고 있는 여우가 가느다란 두 눈빛으로 돌아보고 있었다. 특이한 점은 이마 중앙에 붉은 뿔이 돋아나 있었는데, 그 모습을 보아하니 요선인 듯싶었다.

운정은 동일하게 구배지례를 하고 자리에서 일어났는데, 전과는 달리 어떤 신비한 일은 일어나지 않았다.

"이상하군."

운정은 촛불을 스스로 끄곤, 밖으로 나와 다음 방으로 갔다.

그렇게 얼마나 많은 사당을 돌았을까? 신선화 속 신선들은 운정의 구배지례에 제각각으로 반응했다. 때로는 몸을 돌리더니 아예 사라져 버리는 일도 있었고, 또 앞으로 튀어나와 그의 머리에 손을 얹는 환상을 보여 주기도 했다. 그 어떤 신비한 일도 보여 주지 않을 때도 많았고, 처음 들어가자마자 불이 확 타오르며 흥얼거리는 노랫소리가 나오는 일도 있었다.

그 각양각색의 반응에도 운정은 한결같이 구배지례를 드리고 계속해서 다음 사당으로 움직였다.

얼마나 지났을까? 환골탈태를 이룬 그의 무릎이 뻐근할 정도로 많은 절을 드렸을 쯤, 사당궁 전체를 울리는 작은 소리가 있었다.

"우우운, 저어엉."

시르퀸의 목소리.

막 구배지례를 마친 운정은 다음번 사당으로 가지 않고 밖으로 나왔다.

이미 해는 저물어 세상은 밤의 어둠으로 가득해져 있었다.

그리고 한쪽에는 신묘한 불빛이 나고 있었는데, 전에 보았던 그 이계의 식물인 듯싶었다. 이미 푹 꺼진 상태로 서서히 먼지로 변화하고 있었다.

그리고 한쪽에는 막 옷을 입고 있던 카이랄이 운정을 보곤 말했다.

"고생했군. 혈족에게 이야기를 들었다. 끝까지 보호하려 했다면서?"

운정은 카이랄을 마주 보며 미소 지었다.

"일단은 내 친우에게 중요한 사람이니."

카이랄은 피식 웃으며 신발을 신었다.

"이젠 네게도 중요한 사람 아닌가?"

"응?"

"혈족이 네게 전해 달라고 했다. 돌아가기 전에 씨앗을 가져가고 싶다는군."

"씨앗?"

"네 씨앗 말이다."

카이랄이 손가락으로 운정의 아랫도리를 가리키자, 운정은 그것이 남성의 정액(精液)을 말한다는 것을 깨닫고는 시르퀸을 돌아봤다. 그녀는 한 점 부끄러움도 없는 말똥말똥한 표정으로 운정의 생식기 부근을 쳐다보고 있었다.

운정은 다시 카이랄을 보더니 말했다.

"갑자기 무슨. 그러니까, 합방하자는 거야?"

"합방? 아, 성행위를 그렇게 유하게 말하는 것인가?"

"……."

"네가 원한다면. 그게 불가능하진 않다."

대수롭지 않다는 듯 말하는 카이랄과 생식기 부근에 시선을 고정한 시르퀸을 몇 번이고 번갈아 보더니, 곧 운정이 말했다.

"내가 도사라 이런 걸 잘 못 느껴서 그렇지, 사실 중원인으로 이건 꽤 당황스러운 일이야. 이계에선 남녀가 혼인을 올리지 않나 봐?"

"우리 세상의 인간에게도 혼인은 있다. 다만 엘프에겐 없지."

"혼인이 없다? 그게 가능해?"

"인간의 혼인제도는 남자로선 자기 씨앗을 확인하기 위해, 여자로선 임신 이후 아이를 기를 때까지 필요한 보호를 위해, 서로의 이해관계 속에서 탄생한 것으로 알고 있다. 우리에게 혼인이 없다면 그건 이해관계가 맞지 않기 때문이겠지."

"결혼을 그런 식으로 이해할 줄이야… 역시 제삼자의 시각은 다르군."

카이랄은 자신의 장비를 한 번 더 정비하면서 말했다.

"하여간, 혈족은 네 씨앗을 가지고 싶어 한다. 그래서 네 동의를 묻는 것이다. 정식으로 말이지."

"글쎄, 곤란한데."

"특이하군. 인간의 눈에는 그녀가 한없이 아름다워 보일 텐데? 씨앗을 받을 수 있는 모든 수컷에게 적용되니 중원인에게도 예외는 아니겠지, 아닌가?"

"아름다워 보인다라… 그럼 실상은?"

"무슨 차이지?"

"……."

"하여간, 번식할 수 있는 하얀 것들이 누리는 축복으로 인해서 어느 인간보다 아름다워 보일 텐데, 왜 곤란하다는 것인가?"

카이랄은 정말로 궁금한 듯 보였다.

운정은 나지막하게 말했다.

"흐음, 도사이기 때문이야. 여색을 탐할 수 없어."

"정신적인 교감이 있었다고 하는데 아닌가?"

"그야 여성의 아름다움을 즐기지 못하는 건 아니니까."

"……."

"그러니까, 소유욕이 없는 거야."

카이랄은 이상하다는 듯 말했다.

"인간은 모든 것을 소유하려 한다. 그게 인간의 핵심이지."

"뭐, 아니라고 할 수 없겠네."

카이랄은 눈을 크게 뜨더니 말했다.

"인간은 정말 매번 모르겠군. 혼란스럽기 짝이 없는 그런 다양성을 보유하고 어떻게 서로 공존하는지 도대체 알 수가 없다. 소유욕을 포기한 인간이라니. 그게 가당키나 하나?"

"포기한 인간이라기보단, 포기하려는 인간이겠지. 완전하지 않아. 신선이 되기 전까진."

카이랄은 이해했다는 듯 고개를 끄덕였다.

"그거군, 종교(宗教)."

"응?"

"가장 강력한 유대감을 불러일으키는 것이지."

"그런가?"

"뭐 소유욕이 없어서 혼인을 올릴 수 없다면 이해한다. 하지만 하얀 것이 원하는 건 혼인이 아니다. 말을 직역하자면, 씨앗의 공급을 원하는 거지."

"아직도 네가 무슨 말을 하는지 잘 모르겠어."

카이랄은 자기 머리를 넘기고는 천천히 말했다.

"하얀 것들은 본래 여자밖에 없다. 하지만 하이엘프(High elf)가 타 종족의 우수한 씨앗을 받으면 그 특색을 이어받는 남자 엘프를 낳을 수 있다. 그래서 하이엘프는 한평생 좋은 씨앗을 최대한 많이 받아 놓는다. 죽을 때 더 좋은 번식을 하기 위해서."

"……."

"왜?"

"그럼 처녀가 아니라는 말이야?"

카이랄은 재밌다는 듯 비웃음을 숨기지 않았다.

"의외로군. 그런 것에 휘둘릴 인간은 아닌 줄 알았는데?"

"정순함은 남녀를 떠나서 지키는 것이 사람 된 본분이야."

카이랄은 고개를 느리게 끄덕거렸다.

"아하, 인간의 경우라면 혼인이라는 틀 안에서 이해관계에 차질이 생기니 그렇게 볼 수도 있겠다. 하지만 엘프는 인간처럼 한 번에 한 명만 낳는 게 아니다. 받은 씨앗을 모두 쓴다. 네 자식 걱정은 하지 않아도 돼."

운정은 고개를 도리도리 흔들었다.

"이해는 되지만 와닿지는 않는군."

"그래서 답은?"

운정은 시르퀸과 눈을 마주쳤다.

눈에 보이는 그녀는 너무나 아름다웠다.

운정이 나지막하게 말했다.

"도사의 본분을 저버릴 정도로 사랑하지 않아. 그러니 거절할게."

"뭐, 종교적인 이유라면 하얀 것도 이해할 것이다."

카이랄은 그렇게 말한 후, 시르퀸과 몇 마디 말을 나누었다. 시르퀸은 실망한 표정으로 운정을 바라보더니, 운정에게 다가와서 한마디를 했다.

"Wolla em ot taoc uoy htiw ym nellop. Tsuj ni esac."

운정이 카이랄을 흘겨보니 카이랄이 말했다.

"냄새를 묻히고 싶다는데, 마음이 바뀔 수도 있으니까."

"전에 말한 남편감이라는 게 이런 거였군."

"중원에는 정확한 단어가 없었다. 좋은 씨앗을 가진 사람. 내가 말하고자 하는 바를 직역하면 그렇게 되겠어."

운정은 시르킨을 보다가 곧 고개를 끄덕였다.

시르퀸은 작게 미소를 짓더니 운정을 지그시 바라보았다. 그러곤 곧 미련 없이 돌아섰다.

그녀는 그렇게 이미 싹이 터 올라 큰 열매를 맺은 이계의 식물을 통해서 차원을 넘어갔다.

먼지가 되어 사라지는 그 식물을 보며 운정이 나지막하게 말했다.

"시간 많아?"

"왜?"

"혼인 없이 어떻게 네 종족이 생존하는지 궁금해서."

카이랄은 고개를 저었다.

"호기심은 여전하군. 그런 대화야 언제든 할 수 있지 않나? 급한 것이 아니잖아? 그보다 좋은 소식이 있다."

"뭔데?"

카이랄은 곧 한곳에 걸터앉아 달을 올려다보았다.

"장로들에게 지금까지 있었던 일을 보고하면서 네가 찾는 그 무당산의 정기에 관해서도 다시 한번 건의했다. 네가 혈맹을 지켜 냈다는 조건하에 내가 직접 그 정보를 네게 줄 수 있게끔 허락받았지."

"그렇다면 네가 준 그 두루마리를 읽을 수 있다는 말이야?"

"장로들이 너와의 우호도가 더 중요하다고 판단한 것이다. 네가 혈맹을 잘 지켜 준 덕분이다."

"네가 나에 대해서 잘 말해 주었다고도 생각해. 고마워."

카이랄의 입꼬리는 조금씩 올라갔지만, 그가 억지로 참으려 하자 입술이 조금 이상하게 비틀렸다.

그는 사당궁 쪽을 보면서 말했다.

"대단한 건축물이군. 저 안에서 하는 일이 급하지 않다면, 지금 알려 주겠다."

운정은 조금 아쉬운 표정으로 말했다.

"떠나야 하는 거야?"

카이랄은 다시 달을 올려다보며 말했다.

"일족의 임무를 수행 중에 게으름을 피울 순 없다. 다만 내일 해가 떠오르기 전까지만 출발하면 돼. 그때까진 여기 있으려고. 괜찮겠지?"

운정은 품속에서 전에 카이랄이 건네주었던 두루마리를 꺼내 다시 그에게 주었다.

"물론. 듣자 하니 화산에 이계어의 통역사가 온다는 거 같아. 그래서 그쪽으로 가 보려고 했는데, 네가 번역해 준다면 좋지."

카이랄은 두루마리를 펼쳐 들고 천천히 읽어 내려가면서 운정에게 말했다.

"겨우 빠져나온 곳으로 다시 돌아간다고? 그때 우리와 상관없이 죽은 자의 책임을 우리에게 물으려 했는데?"

"화산에서 일어난 진상을 알아봐 달라고 했었잖아? 저 두 검도 돌려줘야 하고. 스스로 찾아가 이 검들도 돌려주고 하면 내 말을 믿겠지."

"그리 쉽게 되겠나?"

"적어도 같은 백도이니 내게 해를 끼치진 않을 거야."

운정의 말은 희망이 있었다. 하지만 카이랄은 희망의 속이 텅 비어 있다는 것을 느꼈다. 그는 눈을 가늘게 뜨며 말했다.

"그 화산의 인간이 널 이계의 첩자로 몰아세웠던 걸 기억하나? 이유야 만들면 그만이다."

"그래도 우선적으로 신세를 진 곳에 가서 사정을 설명하고 싶어. 이대로 천마신교로 인해서 탈출한 꼴이면 신뢰를 회복하기 어려울 거야."

"이미 결정했군."

운정은 엄지손가락으로 사당궁의 입구를 가리키며 말했다.

"저기서 생각을 정리했지."

"네 뜻이 그렇다면 말리지 않겠다. 이거, 생각보다 복잡하군."

카이랄은 두루마리를 내려놓더니, 한숨을 크게 푹 쉬었다.

운정이 물었다.

"어떻게 된 거래?"

카이랄은 두 눈을 살짝 감으며 말했다.

"일단 내용을 알았으니 태우는 것이 좋겠다."

카이랄이 숨을 잔뜩 들이마시는 것을 본 운정은 두 손을 급히 뻗으며 그의 앞에 가서 흔들었다.

"아, 잠깐! 그건 일단 화산에 가지고 가려 해."

부풀어 오른 두 볼에서 막 화염을 내뿜으려던 카이랄은 앞에서 애처롭게 손을 흔드는 운정을 보았다. 그는 얼굴을 찌푸리며 불을 꿀꺽 삼키고는 퉁명스럽게 말했다.

"왜?"

"그게 내가 화산에 가려는 용무니까. 가서 이 내용을 해석해 달라고 하려 했지."

"그러니까, 내가 여기서 번역해 주면 그럴 필요가 없다. 용무라면 저 검을 가져다주는 걸로 되지 않나?"

"그냥 그렇게 연이라도 하나 더 만들려고."

운정의 말에 카이랄이 비릿한 미소를 지으며 말했다.

"아하, 그쪽의 통역사가 거짓말을 했을 경우를 생각하는 건가? 힘만 센 애송인 줄 알았더니만, 이젠 수 싸움 좀 하는구나."

"응? 아, 그런 생각까진 아니고. 그냥 구실이 필요한 거지. 거기 머무를."

"……."

"왜? 왜 그렇게 봐?"

웬만한 인간의 수명 이상으로 오래 산 카이랄은 괜스레 부끄러워하는 운정의 마음을 정확하게 꿰뚫어볼 수 있었다.

"그 여자랑 다시 잘해 보려는 건가? 하얀 것이랑 잘 안 되어서?"

운정은 쉽게 수긍했다.

"그렇지."

"……."

"왜? 왜 또 그렇게 보는데?"

"아니, 이제 좀 어려 보여서 그렇다."

"무슨 의미야?"

카이랄은 불쾌해하는 운정을 더 놀리고 싶어졌다. 그가 턱을 매만지며 물었다.

"그럼, 네가 아까 말한 정순함은 정신적인 것은 포함되지 않는 건가?"

"뭐?"

"이 여자랑 잘되다 아니다 싶으니까 다른 여자로 선회해 버리는 걸 보면 정순함과 거리가 먼 거 같아서 하는 말이다. 안 그런가?"

"……."

운정의 얼굴은 곧 붉으락푸르락해졌다. 몇 번이고 그는 무슨 말을 꺼내려 했지만, 곧 도로 삼키기를 반복했다.

한창 그 모습을 즐긴 카이랄은 슬슬 화제를 전환해야 함을 느꼈다. 운정은 그의 이름을 아는 자이자 생명의 은인이니 이 정도 놀렸으면 많이 한 것이다.

"무당산의 정기에 관해서 최대한 해석해 보겠다."

"아, 으응."

어색한 표정을 지은 운정이 앞에 오자, 카이랄은 다시 두루마리를 펼쳐서 땅에 내려놓았다. 그리고 손가락으로 글자를 따라가면서 해석하기 시작했다. 이계의 문자는 중원의 것과는 다르게 오른쪽에서 왼쪽으로 쓰여 있었다.

"무당산의 정기라고 하는 그것은 우리 쪽으로 말하면 바람과 땅의 마나가 뭉친 것이다. 여기 이 글자가 바람을 뜻하고 바로 이 글자 이것이 땅을 뜻하지."

"바람과 땅의 마나라. 마나가 기운을 뜻하는 말이었지?"

"그런 셈이지."

"중원의 말로는 건곤(乾坤), 하늘과 땅의 기운이라 말해. 하늘의 기운을 이계에선 그것을 바람의 기운으로 해석하는군. 얼추 맞는 것 같은데."

카이랄이 고개를 끄덕이며 한곳을 가리켰다.

"이것을 보면 중원의 충만한 무당파의 기운은 한 가지 고대마법이 시전되는 데 사용되었다고 쓰여 있다."

"고대마법? 중원에도 옛날엔 마법이 있었어? 술법이 아니고?"

"정말로 옛날부터 있었던 거라 고대마법이라 하는 게 아니라, 마법 중 그 위력이 상상을 초월하는 걸 편의상 고대마법이라고 부른다. 하여간 무당산의 정기는 그 원료로 전부 쓰였기에, 회복할 수 없다고 결론지은 것 같다."

"……."

"가뜩이나 마나가 충만한 이 중원에서 산맥 전체를 아우를 만한 마나를 사용할 정도라면 이론적으로만 존재하는 초월마법일수도 있겠군."

운정은 눈을 껌벅이더니 물었다.

"아니, 그게 끝이야?"

"더 있어. 그 마법이 어떤 종류인지 몇 가지 추측이 있는데, 우선 바람과 땅의 기운을 사용했다는 점에서……."

운정은 다급한 심정으로 카이랄의 말을 잘랐다.

"아니, 아니. 그냥 그렇게 끝이냐고 무당산의 정기가. 회복할 길이 없는 거야?"

"마법에 쓰이는 마나는 소멸한다. 다시 아스트랄(Astral)로 돌아가 현세로 순환될 때까지."

"소, 소멸? 그 아수투날인가 뭔가 하는 거에서 순환은 얼마나 걸리는데?"

"생명체가 감히 논할 수준의 시간이 아닌 건 확실하지."

즉, 운정의 입장에선 소멸과도 같다는 뜻이다.

"소멸이라니……."

운정은 그 한마디를 하고는 입을 벌린 채 멍하니 숨만 꼴딱 꼴딱 쉬었다. 카이랄은 그를 물끄러미 바라보다가 안타깝다는 듯 말했다.

"유감이다."

"……."

"왜 장로들이 내게도 정보를 숨기려 했는지 알겠다. 이런 초월마법이 발현됐다는 정보는 분명 추방자들에게 숨어들은 우리 혈족의 첩자가 알려 준 정보겠지. 이 정보가 우리 혈족으로부터 나온 것이라는 것이 밝혀지면 그 첩자가 위험해지니까."

"……."

운정은 계속해서 말을 하지 않았다.

카이랄은 기다렸다.

꽤 오랜 시간 동안.

그런 그의 눈길에 문득 사당궁 입구 주변에 가지런히 놓여있던 태극지혈에 눈길이 갔다. 그는 그것을 지그시 바라보다가 말했다.

"저것이군, 하얀 것이 말한 것이."

막 이성을 되찾은 운정이 카이랄에게 되물었다.

"뭐가?"

"괜찮아졌나?"

"아니, 전혀. 하지만 그에 관해서 더 생각하고 싶지 않아. 뭘 말한 거야, 아까?"

카이랄은 태극지혈을 가리키며 말했다.

"도중에 만났다는 두 인물. 마치 드래곤과 같았다는 그 남자와 그랜드 위저드와 같았다는 소년이 준 것인가?"

운정은 고개를 갸웃했다.

"드래곤이 뭔지 모르겠지만, 말하려는 바는 알겠어. 맞아."

"남자아이가 그것에 마법을 걸었다고 했다. 혈족의 말로는 위치를 추적하는 마법인 것 같다고 했지."

"뭐?"

"정확하게 번역하자면… '표식'이다. 무엇을 위한 표식인지는 모르지만, 혈족의 생각에는 위치를 알고자 하는 것 같아서 하는 말이다."

운정은 태극지혈 두 자루를 돌아보더니, 중얼거렸다.

"역시 곱게 주지는 않은 것이로군. 어쩐지 보물치곤 너무 쉽게 주었어."

"저 검이 보물인가? 이쪽 세상에 더 세븐 같은 것이로군? 무슨 능력이 있지?"

운정은 서서히 걸어가 그것을 집어 들고는 카이랄에게 주면서 말했다.

"손으로 잡아 봐. 그럼 알게 될걸?"

"뭐? 그냥 잡아도 발동되는 건가?"

"뭐 술법처럼 복잡한 기능이 숨겨져 있지는 않아."

운정이 칼을 반 바퀴 돌려 칼날을 두 손가락으로 잡았다. 그러곤 카이랄에게 내밀었다.

카이랄은 그것을 잠시 의심스럽게 내려다보다가 곧 운정을 바라보았다.

운정의 티끌 없이 맑은 두 눈동자에는 어떠한 악의도 찾아볼 수 없었다.

카이랄이 말했다.

"순간 의심했다. 미안해."

"응? 아, 그래? 뭐, 그럴 수도 있지."

카이랄은 태극지혈의 손잡이를 살짝 잡았다.

그는 그 즉시 손을 떼고는 그 자리에 반쯤 쓰러져서 숨을 토해 냈다.

"푸하아악—! 하악! 푸아학—!"

그가 한 번씩 숨을 내뱉을 때마다 그의 입에선 뜨거운 화염이 뿜어졌다. 그는 더 이상 화염이 나오지 않을 때까지 몇 번이고 거칠게 숨을 내쉬었다.

운정이 씨익 웃으며 말했다.

"어때? 굉장하지?"

입가를 아무렇게나 닦은 카이랄이 겨우 말했다.

"엄청나군. 갑자기 몸에 생성되는 그건 뭐지?"

"리기(離氣)라고 한다."

카이랄은 미간에 내 천 자를 그리며 자신의 입술을 매만졌다.

"모르겠다. 이해할 수 없군. 갑자기 몸 안에 가득 불의 마나가 생성되더니… 마나가 아니야. 그보다 더 근본적인 어떤… 흐음. 이것이 기(氣)인가?"

운정이 더 설명했다.

"태극지혈을 들고 있으면 리기가 저절로 흡수되지. 그런데 갑자기 입에서 불을 뿜어낼 줄은 몰랐어."

"내가 한 게 아니야. 그 기에 갑자기 흥분한 엘리멘탈의 알이 그렇게 한 것이지."

"응?"

카이랄은 미묘한 눈길로 태극지혈을 바라보다가 곧 눈을 질끈 감았다.

"더 시험해 보고 싶지만, 위험할 듯하니 관두지. 하여간 그 검은 되도록 안 쓰는 것이 좋겠어. 수상한 자가 마법을 걸어 놓았으니까. 아……."

카이랄은 뭔가 깨달은 듯 다시 눈을 떠 태극지혈을 쳐다보았다.

운정은 설마 하는 생각에 그에게 물었다.

"왜? 왜? 뭔가 생각났어?"

카이랄이 두 눈을 모이며 말했다.

"혹시 괜찮다면 내가 이 태극지혈에 마법을 걸어서 이용하고 싶은데 될까? 첩보에 있어서 좋게 써먹을 수 있을 것 같은데. 이미 마법이 걸려 있으니 만약 이 마법을 역이용할 수 있다면 최고지. 하지만 이미 네게 준 것이니, 네 허락이 없으면 하지 않겠다."

"……."

"왜? 싫은가? 싫다면 하는 수 없고."

"그것보다 혹시나 정기를 되찾을 수 있는 그런 방도라도 생각해 냈나 했지."

"아, 다시 말하지만 소멸했다. 그건 추측이 아니라 사실 확인이 된 거야. 그러니……."

"살살해 줘."

"응?"

운정은 이마를 탁 하고 짚더니 곧 옆에 있는 작은 바위 위에 걸터앉고는 한숨을 푹 내쉬었다.

"다시는 내력을 되찾을 수 없다니, 이게 뭔 꼴인지 참 나."

"그래서 답은? 마법을 쓰려면 시작해도 겨우 빠듯하게 시간을 맞출 수 있어서 그렇다."

"아, 그거? 화산과 관계가 나빠지는 거라면 싫은데."

"이미 저 검 두 자루에는 마법이 걸려 있어. 같은 걸 요구하는 것뿐이야."

"아, 몰라몰라. 알아서 해."

카이랄은 손을 내젓는 운정을 물끄러미 바라보았다. 투정하는 어린아이가 되어 버린 운정은 실망한 마음을 온몸으로 표현하고 있었다. 감정을 초월한 듯한 옛 모습은 어디 갔는지 도통 찾을 수가 없었다.

엘프에 비해 인간의 적응력은 상상을 초월할 정도로 빠르다. 그 때문인지 각 환경과 상황에 맞춰 다르게 반응한다. 인간은 종잡을 수 없어 신뢰할 수도 없다는 일족의 가르침을 왜 잊었을까? 그걸 무시하면서 이름을 가르쳐 준 건 그 눈빛. 그 눈빛은 분명 지금의 운정에겐 없었다.

카이랄은 자신의 생각이 깊어지면서 동시에 어두워지는 것을 겨우 자각했다. 이름을 아는 자에게 이 무슨 실례인가. 그는 곧 생각하기를 관두었다. 태극지혈에 걸 마법을 모두 걸려면 빠듯한 시간이다. 위치 추적부터 도청 및 은닉마법까지 그가 아는 유용한 마법들을 모두 걸기엔 턱없이 모자랄 지경인데 그런 쓸데없는 데 마음을 낭비할 시간이 없다.

그는 의미심장한 시선을 운정에게 두다가 서서히 눈을 감았다. 천천히 주문을 외우면서 태극지혈에 걸 마법에 집중하기 시작했다.

운정은 홀로 남았다. 한밤의 찬 공기는 운정의 몸을 계속해서 쓸었고, 그는 하염없이 그 바람을 맞다가 곧 허무한 듯 중얼거렸다.

"못다 한 절이나 더 하자. 여기 있어 봤자 뭐……."

그는 힘없이 자리에서 일어나 사당궁 안으로 들어갔다.

터벅. 터벅. 터벅.

한 걸음씩 걸어가면서 운정은 눈앞이 흐려지는 것을 느꼈다.

"하. 하아. 하아."

터벅. 터벅. 터벅.

"젠장. 이게 뭐야."

터벅. 터벅. 터벅.

"세상에. 내가? 내가 지금……."

터벅. 터벅 터벅.

그가 아무리 멈추려 해도 멈출 수 없었다.

그가 아무리 부정하려 해도 부정할 수 없었다.

그는 결국 걸음을 멈추고 그 자리에 주저앉았다.

"으윽. 흐으윽. 흑. 으흑."

두 손을 들어 눈을 쓸었다. 하지만 아무리 쓸고 쓸어도 떨어지는 눈물은 멈출 기미조차 보이지 않았다.

운정은 온통 젖은 눈으로 슬쩍 카이랄을 돌아봤다. 그는 두 눈을 질끈 감고 입술을 달싹거리면서 손에 든 태극지혈을 잡고 조금씩 흔들고 있었다. 그 기세가 가히 무림인의 운기조식과 같아서 주변 환경이 어떻게 돌아가는지 전혀 모르는 듯 보였다.

그는 품속에서 두루마리를 꺼냈다.

인연을 만든다?

다시금 역겨움을 느낀 그는 그 두루마리를 옆에 버려 버렸다.

운정은 다시 고개를 바로하곤 두 무릎을 세웠다. 그리고 그 속에 얼굴을 파묻었다.

그리고 울었다.

第十章

한적한 산 중턱. 무성하게 펼쳐진 야생풀들 중 검게 바짝 타오른 불행한 풀들이 있었다.

가까이서 보면 마치 어린아이가 불장난이라도 해 놓은 듯했지만, 멀리서 보면 그 타오른 불들이 복잡하기 그지없는 도형을 만들고 있었다.

만약 어린아이가 불장난으로 그것을 만들었다면 그 아이는 분명 시대를 앞서간 천재적인 예술가가 될 것이 분명하다.

제갈극은 한 바위 위에 서서 그 광경을 내려다보는 듯했지만, 두 눈은 감겨 있었다. 그리고 그 옆에선 피월려는 팔짱을 끼고 조용히 그를 기다리고 있었다.

"나왔다."

제갈극은 눈을 뜨고 한쪽을 가리켰다. 피월려가 눈을 들어 그 손가락을 따라가 보니 지평선 끝까지 농경지가 펼쳐져 있었다.

해가 뜨기 전, 캄캄한 새벽부터 나와서 하루 일과를 준비하는 몇몇 부지런한 평민들만이 보일 뿐 특이한 점은 없었다.

"얼마나 머오?"

"천 리 이상. 정확하게는 또 가 봐야 아느니라."

제갈극은 공중에 손을 휘적거렸다. 그러자 그곳에서 또다시 태학이 번쩍 나타나더니, 공손히 머리를 숙이고 날개를 가지런히 모아, 제갈극 앞에 펼쳐 놓았다.

제갈극은 천천히 그 날개를 타고 올라가 태학의 등에 앉았는데, 그때까지도 그 방향을 바라보며 생각에 잠겨 있는 피월려를 보곤 말했다.

"가만히 생각할 여유가 없느니라. 가야 한다."

피월려는 그 말에 고개를 돌리곤 보법을 펼쳐서 금세 제갈극의 뒤에 앉았다.

"알겠소."

제갈극은 태학의 등을 어루만졌고, 태학은 곧 거대한 날개를 펼쳐 창공으로 날아올랐다.

거친 날갯짓으로 구름보다 조금 아래 부근까지 가자, 태학은 날개를 활짝 펼쳐 활공을 시작했다.

제갈극은 힘을 꽉 준 사지에서 힘을 풀더니 이마를 쓸어내렸다. 심력이고 체력이고 거의 바닥이 나서, 당장에라도 뻗어 잠을 청하고 싶었다.

"그 무당의 도사 말이오. 제갈극 어르신이 보기엔 어떠셨소?"

제갈극이 뒤를 돌아보자, 피월려는 시선을 아래로 두며 생각에 잠겨 있었다.

제갈극은 다시 고개를 앞으로 하며 말했다.

"환골탈태를 이루었지만, 내력이 없다는 점에서 사실 흥미롭긴 했다. 무당산의 정기가 사라진 사건과 맞물려서 그런 괴이한 현상이 일어난 건지 모르겠지만, 무당의 무공이 무당산의 정기와 그 정도로 밀접한 연관이 있을 줄은 몰랐어."

피월려는 팔짱을 끼더니 바깥쪽의 손으로 턱을 매만졌다.

"대우주와 내우주의 합일을 일궈냈다면 응당 내력이 무한해야 하는 것인데, 참으로 이해하기 어렵소."

"대우주에도 무당산의 정기가 없어져 버렸으니 어쩔 수 없는 것 아니겠느냐? 대우주에서도 찾을 수 없는 것을 무슨 수로 몸 안에 쌓아. 마기처럼 몸속에서부터 올라오는 것도 아니고. 무당산의 정기가 사라질 줄 누가 알았겠느냐?"

"그게 정녕 사람이 가능한 일이겠소? 정말 마법이란 너무 미지의 영역이오."

제갈극은 차가운 바람에 쓸려 아파오는 두 눈을 감으며 말했다.

"그 원리를 모르게 때문이니라. 이해한다면 마법에도 무공처럼 명확한 한계가 있다는 걸 알게 되지. 그쪽의 입장에선 무공이 미지의 영역이니, 결국 지식과 정보의 싸움이니라."

피월려는 씨익 웃었다.

"그런 면에서 제갈극 어르신이 얼마나 든든한지 모르오."

"나도 표면만 핥은 수준이니라. 마법사들이 가지고 다니는 그 무기가 있다면 정말이지 금세 가공할 마법들을 펼칠 수 있을 텐데."

"아, 그 지팡이 말이오? 제갈세가의 보물인 무현금(無絃琴)이 있지 않소?"

제갈극은 고개를 저었다.

"무현금은 심력을 증폭시킬 뿐이니라. 그 지팡이들처럼 염력(念力)을 부리게 하지 않지. 그 원리를 꿰뚫어서 무현금에 적용할 수 있다면야 금상첨화이겠지만."

"흐음."

"그런 의미에서 물어보는데, 자신 있느냐? 나지오도 당해 내지 못한 마법사들이 있을 텐데?"

피월려는 대수롭지 않다는 듯 대답했다.

"교주가 준 진보도 있으니, 마법에 대한 걱정은 없소. 그리고 마법이 없는 순수한 싸움에선 아무래도 내력이 존재하는 무공이 우월할 테니, 괜찮지 않겠소?"

"진보는 기의 흐름을 억제할 뿐이야. 마법을 통해 이미 완성되어 실존하게 된 물체에는 영향이 없으니, 그쪽에서 만약 진보에 대한 정보가 있다면 그 대비책도 충분히 준비했을 것이다."

"전에 교주를 시해하려 했던 이계의 암살자들은 모두 죽었소. 진보의 대한 정보가 넘어가진 않았을 것이오."

천마신교 교주 암살 사건.

그것은 이계와의 충돌이 얼마 지나지 않아 있었던 일로, 천마신교의 교주전에 갑자기 들이닥친 이계의 마법사들이 천마신교 교주 혈적현을 암살하려 했던 사건이다.

그 당시 혈적현은 진보를 통해 마법을 모두 무효화시켰고, 교주를 옆에서 보필하던 호법이 이계의 마법사들을 모조리 도륙했었다.

그때, 마법을 쓰지 못하던 마법사들은 범인보다 못한 수준으로 죽어 나갔는데, 당시 호법은 교주를 보호해야 한다는 생각에 미처 그들을 사로잡을 생각을 하지 못했다. 한 명을 제외하고.

때문에 시신조차 제대로 확인할 수 없을 만큼 처참한 꼴로 모두 죽었으며, 그나마 그 한 명도 하체가 잘린 채로 겨우 생명을 보존했었다.

당연하게도 그 생존자는 제갈극에게 맡겨졌고, 이후 소식은 완전히 끊겼다.

제갈극이 고문하는 현장을 직접 본 적이 있던 피월려는 주변인들에게 괜히 구경하지 말라고 경고했고, 다들 그 이야기를 자세히 듣고는 아무도 제갈극에게 그 생존자에 관해서 물어보지도 않았다.

제갈극은 그로 인해 이계에 관한 지식과, 이계어 그리고 마법에 관한 것까지 상당히 많은 부분을 알게 되었다.

제갈극이 말했다.

"이제 갓 마법에 입문한 나도 감각을 공유하는 마법을 쓸 수 있다. 그쪽에서 암살자를 보낼 때, 그들의 감각을 공유했을 수도 있지. 그러면 정보는 그대로 넘어가."

"그건 대상이 죽으면 똑같이 죽음을 느껴서 관찰자도 죽는 치명적인 약점이 있다고 하지 않았소?"

"그것 맞다. 하지만……."

"하지만?"

"다시 말하지만 마법은 아직까지 미지의 영역. 혹시 모른다."

"……."

"그리고 진보에 관한 정보는 대략적이긴 하다만, 무림에 꽤 퍼져 있느니라. 그 정보와 종합하면 진보의 효능이 무엇인지 정확하게 유추할 수도 있지. 그리고 그걸 알기만 한다면 역으로 진보의 효능을 무효화하는 마법을 짤 수도 있어."

"그게 가능하겠소?"

"유능한 자라면 가능하느니라. 무공에도 파훼법이 있지만, 마법은 더 심하다. 파훼(破毁)가 아니라 무효화(無效化). 애초에 표현하는 단어 자체가 틀리느니라."

피월려는 자기도 모르게 품속에 있는 진보를 매만졌다.

그가 말했다.

"그렇다고 이대로 돌아갈 수도 없는 것이니, 나 선배를 발견해도 우선 주변 상황을 보도록 하겠소. 다만 나는 이계마법사가 중원의 다른 오악에서 같은 일을 벌일까 그것이 염려되오."

"하긴 우리로선 끔찍한 일이지. 중원에 존재하는 모든 기의 근원은 결국 오악으로부터 나오니까."

"환골탈태를 이룩한 운정 도사조차 무당산의 정기가 없으니 내력을 회복할 수 없었소. 만약 화산에서 같은 일이 벌어진다면, 화산의 검객들도 내력을 쓸 수 없는 것 아니겠소?"

제갈극은 그 말을 듣고 고개를 흔들었다.

"그렇지 않다. 만약 그렇다면 화산의 검객들은 화산이 아닌 다른 곳에서 내력을 사용할 수 없어야지. 하지만 세속의 탁한 기운 속에서도 그들은 내력을 회복할 수 있다. 그러니 화산의 정기가 무당산의 정기처럼 사라진다고 해도 화산의 검객들이 갑자기 내력을 못 쓰진 않을 거야."

"그럼 운정 도사의 경우는 어떤 것이오?"

"내가 알기론 정순함이 필수적인 정공은 그 내공을 성장시키기 위해서 순수한 정기가 필요한 것이다. 다시 말하면, 화산의 정기가 없다면 내공을 회복하지 못하지는 않지만 성장시킬 수는 없다는 뜻이야. 그런데 그 무당파 도사는 회복조차 하지 못하지. 다시 말하면 한 차원 더 위의 정순한 내공을 기반으로 하고 있다 볼 수 있을 것이다."

"아하, 그럼 오악의 기운이 사라진다고 중원인의 힘이 당장 약화된다고 볼 순 없겠소."

"그래도 더 이상 성장하지 못하니, 결국 많은 백도문파들이 멸문할 것이다. 막아야 하는 건 틀림없지."

"……"

"그러기 위해선 무당산의 정기가 어찌 사라졌는지 그 원인부터 파악해야 하거늘. 이렇게 부교주를 찾자고 돌아다닐 때가 아니니라."

"부교주도 중원의 중요한 전력이오."

"네 개인적인 친분 때문이 아니라?"

"……."

피월려가 아무런 말도 하지 않자 제갈극은 의외라는 듯 그를 돌아봤다.

"인정하는 것이냐?"

그 질문에 피월려가 나지막하게 말했다.

"내 진의가 무엇인지는 알 수 없소. 다만, 그렇게 믿는 것일 뿐."

"……."

이번엔 제갈극이 아무런 말도 하지 않았다. 그는 피월려를 물끄러미 바라보다가 곧 고개를 다시 앞으로 하며 말했다.

"황룡(黃龍)은?"

피월려의 눈썹이 꿈틀거렸다.

"교주와 계속 연구 중에 있지만 아직 별다른 방도를 찾지 못했소."

"돌아가면 내가 도와주마."

피월려는 고개를 저었다.

"어르신은 이계의 마법을 연구하는 데 힘을 쏟아야 하오. 내 개인적인 일 때문에 그리하실 수 없소."

"황룡의 봉인은 차원의 벽이 흔들린 가장 결정적인 요인이니라. 그걸 연구하다 보면 결국 이계를 상대하는 데도 도움이 될 것이다."

"그보다는 마법의 정체를 제대로 파악하는 것이 먼저일 것이오. 만약 늦는다면 무림과 무공 자체가 멸망할 수도 있소. 마법을 모두 연구한 뒤, 그 방비책까지도 모두 마련된 뒤에 도와주시오."

제갈극은 심호흡을 한 뒤 조용히 말했다.

"개인적인 인연 때문이 아니라 부교주가 숨긴 그 용골검(龍骨劍)이 필요할 때를 대비해 그를 찾으려는 것이구나."

"……."

그 이후로 둘은 더 이상 대화하지 않았다.

*　　　*　　　*

"이, 이 사당은……."

운정은 네 폭의 신선화를 둘러보곤 막 사당 안으로 내딛은 걸음을 멈출 수밖에 없었다.

어릴 적 처음 무당파에 들어와서 한 번 본 것이 다지만, 뇌리 속에서 잊히지 않던 그 사람. 압도적인 기세와 넘치는 자신감이 전신에 가득하여 모든 제자들을 놀라게 만들었던 그 사람. 단 하루도 빠지지 않고 사부님의 입에서 부정적으로 언급되었던 그 사람. 그리고 무당파 정공이 아닌 스스로 창시한 마공으로 입신에 들었음에도 무당파의 기둥이 되었던 그 사람.

검선(劍仙) 이소운.

네 화폭 속의 그는 두 자루의 핏빛 장검을 오른손으론 정향으로, 왼손으로 역수로 들곤 검무를 추며 눈을 감고 있었다.

운정은 한 발짝 뒤로 물러나 지나온 복도와 가야 할 복도를 다시금 둘러보곤 중얼거렸다.

"마지막이네. 생각보다 빨리 끝났어."

삼 일은 꼬박 절해야 한다고 했지만, 그것은 막 입문한 삼대제자를 기준으로 했기 때문이다. 환골탈태를 이룬 그는 한시도 쉬지 않고 절을 했으며 또한 큰 정성을 들이지 않았기 때문에 벌써 마지막 사당에 도달한 것이다.

그는 깊은 숨을 내쉬곤 검선 이소운의 사당으로 들어섰다. 그리고 천천히 문을 닫았다.

화르륵.

중앙에 놓인 향초에서 불꽃이 일어나 사당 안을 밝혔다.

운정이 그 가운데 서서 다시금 신선도를 보니, 네 명의 이운소는 모두 눈을 번쩍 뜨고 운정을 바라보고 있었다. 그 얼굴을 보니, 어릴 적 보았던 그때의 기억이 다시금 새록새록 피어올랐다.

그는 양손을 이마에 가져다 공손히 모았다. 그러나 곧 강한 의구심이 들어 그대로 무릎을 굽히지 못했다.

사부님은 그가 진정으로 입신에 든 것이 아니라 했다. 과연 그에게 절을 하는 것이 맞는가?

운정은 눈을 서서히 감으며 한숨을 쉬었다.

"하아……."

이제와서 무슨 소용이랴.

무당산의 정기가 회복될 수 없다면, 무당파는 진정으로 멸문한 것이다.

강력한 무공이나 중요한 가르침 몇 개가 실전된 정도가 아니다. 더 이상 무당의 제자가 되겠다는 사람이 없거나 가르치겠다는 스승이 없는 정도가 아니다.

무당산의 정기는 무당파의 개파조사, 장삼봉이 무당산에 무당파를 창설한 근본적인 이유다.

그것이 없다면 무당의 모든 내공심법은 그 의미를 상실하여, 그저 상상 속에나 존재하는 허무맹랑한 잡소리에 불과하다.

어차피 의미가 없다.

그러니 절은 한다 하여도 큰 의미가 없을 것이다.

그렇다면 왜 하는가?

왜 해야 하는가?

운정은 무릎을 굽혀 절했다.

한 번, 두 번… 여덟, 아홉.

구배지례를 한 그가 고개를 들어 신선화를 보았다.

그곳에는 놀랍게도 한 글귀가 적혀 있었다.

위낙선(为落仙).

환유일개기회(還有一個機會).

태극마심신공(太極魔心神功).

운정의 눈이 흔들리고 몸 흔들리고 곧 다리까지 흔들렸다.

그는 그대로 풀썩 주저앉은 채 얼굴을 가렸다.

"사부님과 태사숙께서 느꼈던 절망감이 이것입니까? 낙선하여 아무런 희망도 찾을 수 없었던 두 분께서도 분명 이 소자(小子)가 느끼는 이 기분을 느끼셨으리라 믿습니다. 이런 것이로군요. 낙선이라는 것은."

운정은 가렸던 손으로 턱을 짚었고, 고개를 돌려 옆을 보았다.

붉어진 그의 두 눈에선 또다시 두 물줄기가 만들어져 그의 볼을 타고 흘러 내렸다.

"하지만 전 억울합니다. 공과를 지키기 위하여 어미에게서 이름을 받지도 못했습니다. 무당의 신선이 되려고 단 한 번도 화식을 하지 않았습니다. 무당의 제자가 되어 사부님의 혹독한 수련을 견뎠고, 또한 낙선향에서 나와 세속을 거닐 때에도 단 한 번도 공과를 어겨본 일이 없습니다. 그런 제가… 왜 낙선해야 합니까?"

공허한 질문은 사당을 맴돌며 메아리를 만들다가 점차 희미하게 사라졌다.

운정이 다시금 속내를 토해 냈다.

"저는 낙선한 것이 아닙니다. 그저 무당산의 정기가 사라져, 내력을 모을 수 없는 것뿐 아닙니까? 내력이 없으니 몸도 마음도 정신도 모두 세속에 오염되어 더 이상 입선했다 말할 수도 없습니다. 정순한 기운을 받아들일 수 없을 만큼 타락하지 않았는데도, 정순한 기운이 없어 선기(仙氣)를 회복할 수 없으니, 이는 하루아침에 해가 사라져 태양빛을 쬐지 못해 몸이 썩어 들어가는 것과 무엇이 다릅니까? 이 억울함은 누가 알아주겠습니까?"

운정은 혹시나 하여 눈을 들어 신선화를 보았다.

신선화에는 같은 글귀가 쓰여 있다.

그는 쓰디쓴 비웃음을 얼굴에 그리며 말했다.

"선인의 육신을 가졌으나, 내력이 텅 비어 있는 인물이 들어오면 그런 글귀가 떠오르게 하는 도술인 거 다 압니다. 마치 제 마음을 읽은 것처럼, 살아서 말을 거는 것처럼 그리 꾸미셨겠지만, 이 제자를 속이시기에는 한참 부족하십니다. 검선이셔서 그런지 도술에 조예는 별로시군요."

그렇게 말한 운정은 몇 번이고 숨을 쉬어 우울한 감정을 떨쳐 냈다.

"검으로 선을 추구해야 하지, 선으로 검을 추구해선 안 되느니라."

운정은 머리를 부여잡고 흔들었다.

"혹, 그 주화입마에 들어선 지 오래된 저도 익힐 수는 있는 겁니까?"

운정은 머리카락을 뽑을 듯 잡아당겼다.

"말 좀 해 봐. 지금 당장 그 태극마심신공인지 그게 필요하다니까! 검선!"

운정은 온몸에 힘을 주어 움츠러들었다.

"검선!"

운정은 자리에서 벌떡 일어났다.

"하아. 하아. 하아."

그는 주변을 돌아보았으나 아무도 없었다.

신선화를 보니, 그곳엔 처음 보았던 검선이 그대로 그려져 있었다.

"사부님의 환청까지 듣다니… 아니, 내가 한 말인가? 읍. 우읍."

그는 갑자기 위장이 뒤틀리는 것을 느꼈다. 얼른 양손으로 입을 틀어막고는 검선의 사당에서 나왔다. 그리고 빠른 걸음으로 사당궁의 입구로 정신없이 뛰어갔다.

"으윽."

너무나도 밝은 햇빛 때문에 눈이 부셔 도저히 앞으로 나아갈 수 없었다.

운정은 그대로 한쪽 절벽에 손을 짚은 채 그대로 몸을 구부려 토악질을 했다.

"우에엑. 우엑. 으아. 으엑."

만 하루 이상으로 먹은 것이 없으니, 아무것도 나올 리 없다. 그는 그렇게 허공에 위액을 토해 내며 한참 동안이나 정신을 차릴 수 없었다.

얼마나 지났을까? 위장이 진정되자, 그는 입가를 소매로 닦고는 주변을 보았다.

카이랄은 그가 밤에 사당에 들어갔을 때 있던 그 모습 그대로 주문을 외우고 있었다.

적어도 세 시진에서 최대 다섯 시진의 시간 동안 동일한 자세로 집중을 하고 있으니, 그 정신력은 중원의 고수들과도 능히 비견될 정도였다.

"카이랄?"

운정의 말에도 그는 조금도 반응하지 않았다. 해가 떠오르기 전까지 출발한다고 했던 것 같은데 아직까지도 주문을 외우는 것을 보면, 생각만큼 잘 안 되고 있는 것 같았다.

운정은 반응이 없는 그에게 관심을 거두고 산세를 둘러보았다. 운무가 자욱해야 할 무당산은 그 본연 그대로의 모습을 낱낱이 보이고 있었고, 때문에 무당파의 건축물들이 여기저기서 찾을 수 있었다.

꼬르륵.

운정은 배를 내려다보며 놀란 목소리로 중얼거렸다.

"배, 배가 고파?"

이런 강렬한 식욕을 얼마 만에 느끼는가? 운정은 기억조차 할 수 없었다. 선기가 완전히 사라진 지는 며칠 되었지만, 이제야 몸이 그 변화를 알고 원래대로 돌아가는 듯했다. 운정은 그것이 너무나 받아들이기 어려웠다.

꼬르륵.

그의 정신이 현실을 깨치자 몸도 그대로 반응했다. 위장이 안으로 쏙 들어가며 꾸륵꾸륵거리는 이상한 소리를 내기 시작했다.

그뿐만 아니다. 텁텁하기 그지없는 목에서 강렬한 갈증 또한 시작됐다. 하루 이상을 물 한 모금 먹지 않은 상태에서 그토록 울음을 쏟아 내고 이토록 위액을 토해 냈으니, 몸 안의 수분이 충분하면 이상한 것이다.

운정은 당연한 그 느낌이 너무나 낯설어 몸서리쳤다.

오랜 시간 동안 그는 생리 현상에서 먼 삶을 살았다. 선공은 선기를 통해 몸의 생리 현상을 대신하여 모든 욕구로부터 멀어지게 하기 때문이다.

내력이 바닥이 났음에도 관성으로 지금껏 버텼지만, 마음이 무너지면서 그 한계도 같이 찾아온 것이다.

먹고 싶다.

마시고 싶다.

자고 싶다.

쉬고 싶다.

외롭다.

괴롭다.
슬프다.
화난다.
언제나 손바닥 위에서 놀며 굽어 살폈던 감정과 욕구들이 도저히 손으로 잡을 수 없을 만큼 커져 주인 행세를 했다.
거대하기 짝이 없는 그 힘들 앞에서 운정은 철저한 무력감을 느꼈다.
항상 호기롭게 그들을 다루던 그의 정신은 이미 난폭해질 대로 난폭해진 그 야수들을 도저히 감당할 힘이 없었다.
털썩.
다리에 힘이 풀렸다.
아무렇게나 땅에 쓰러지는 바람에 전신 이곳저곳에서 찌릿한 고통을 느꼈지만, 목구멍 밖으로 나오려던 신음이 중간에 멈췄다. 신음을 입 밖으로 꺼내는 노동조차 지금의 운정에겐 버거웠다.
죽는 건가?
이대로?
그는 눈동자 하나 제대로 움직이기 어려웠다. 그는 카이랄에게 도움을 청하고 싶었지만, 그가 할 수 있는 거라곤 그저 그를 향해 초점을 맞추는 것뿐이었다.
그런데 그곳으로 가는 도중 그의 눈길을 낚아채는 것이 있었다.
"태, 태극지혈."

기적적으로, 아무것도 나올 수 없을 것 같던 그의 입에서 미약한 소리가 흘러나왔다.

운정이 바라보는 곳엔 카이랄이 들고 있는 것 외에 다른 태극지혈 한 자루가 있었다.

그는 두 눈동자를 태극지혈에서 떼어 놓기 위해 안간힘을 썼다. 죽을힘을 다해서, 젖 먹던 힘을 다해서 시선을 옮기려 했다.

하지만 그의 눈동자는 요지부동. 태극지혈에 완전히 고정되어 떨어질 기미가 보이지 않았다.

또 한 번의 기적이 일어났다.

운정의 양팔이 서서히 움직였다. 앞으로 팔꿈치를 뻗고는 그 땅을 짚고 상체를 이끌고 움직였다.

운정은 눈을 질끈 감고 자신의 팔을 멈추기 위해서 모든 힘을 쏟아부었다. 하지만 그런 그의 노력에도 그의 팔은 부지런히 움직여 그를 태극지혈 앞에 가져다 놓고야 말았다.

"으… 으윽. 으윽."

그는 태극지혈의 자루로 뻗어 가는 그의 양손을 보곤, 혀를 깨물려 했다. 피 맛을 보면 정신이 돌아오리라.

하지만 그의 입조차 명령을 듣지 않았다. 그는 입가에서 침을 질질 흘리며 턱을 닫으려 했지만, 그때마다 혀가 제대로 움직이지 않아 살짝 물고 마는 선에서 멈춰 버렸다.

결국 운정의 오른손 끝이 태극지혈에 닿았다.

"하! 흐악!"

양 중지의 끝자락. 그곳에서부터 찌릿한 쾌감이 시작되어 몸을 뒤흔들었다. 말라 가는 사막과도 그의 몸에 생명의 물이 태극지혈을 통해 들어오기 시작했다.

전에 먹고 마시던 그 물이 아니다. 그 물과는 본질적으로 다르다. 하지만 어떠랴? 적셔 줄 수만 있다면 무슨 상관이랴?

운정은 오른손으로 태극지혈을 꽉 잡았다.

배고프지 않아.

목마르지 않아.

자고 싶지 않아.

쉬고 싶지 않아.

외롭지 않아.

괴롭지 않아.

슬프지 않아.

화나지 않아.

맹수 같던 욕구과 감정들이 서서히 작아지기 시작했다.

아니다. 그것들이 작아지는 것이 아니라 운정의 마음이 커지고 있는 것뿐이다.

감히 고개를 들고 쳐다볼 수 없을 만큼 자그만했던 정신이 이제는 모든 욕구와 감정을 한손에 쥐고 흔들 수 있을 만큼 순식간에 성장했다.

운정은 한결 편안해진 표정을 눈을 감았다.

그를 괴롭히던 모든 욕구와 감정이 분명 사라졌을 텐데도, 그의 두 눈에선 한 줄기 눈물이 흘러내렸다.

*　　　*　　　*

운정은 정면에 있는 첫 번째 신선화의 뒤편의 글귀를 읽었다.

마교의 첩자로 입문하여

근본부터 뒤틀린 채

본문의 제자가 되었지만

위대한 본문의 가르침과

사부님의 사랑을 통해 개화되었음에도

뿌리까지 뽑아내지 못하여

결국 낙선한 본좌의 의구심은

이것으로 시작되었다.

무당파를 세운 개파조사 장삼봉.

그의 애검이라 알려진 태극지혈은

본래 흔한 태극검 두 자루다.

그는 평생 두 자루의 태극검을 쓰다가

그가 자신의 피를 먹여 태극지혈이 되었다 한다.

태극지혈은 손으로 잡고 있는 것만으로도

주변의 기운을 흡수하는 신물.

그것은 건곤감리 중 건곤을 기반으로 한

무당파의 모든 내공심법과는 다르게

감리의 기운을 공급한다.

안타깝게도 태극지혈은 이미 오래전

무당파와 화산파의 정당한 시시비비를 통해

화산파의 보물이 된 지 몇백 년.

더 이상 태극지혈이 무당파에 없으니

감리에 관한 장삼봉의 유지가 끊어졌다.

그러나 본좌는 평생 이것을 연구하여

태극지혈이 없는 일반제자들조차

감리의 기운을 사용함과 동시에

그를 통하여 건곤의 힘까지도 아우를 수 있는

태극마심신공을 창안하게 되었다.

이로써 조사 장삼봉이 처음 만들었던 공부의

온전한 모습을 되찾을 수 있었으며

그와 더불어서 본 파 무공의 가장 큰 약점인

공과율로부터 자유로울 수 있게 되었다.

운정은 첫 번째 신선화 왼편에 있는 신선화로 넘어가 그 뒤편에 적힌 글귀를 읽었다.

공과율과 같은 것에 얽매였다는 것 자체가

기존 무당파의 내공심법에 불완전성을 의미하니

선이 있고, 악이 있고, 빛이 있고, 어둠이 있고,

양이 있고, 음이 있어 완전한 것이거늘

이를 부정하여 하나에만 치우치니

부자연스러운 제약이 나타나는 것이다.

이것이 이성을 잃어버리는 마공과 무슨 차이인가?

본좌가 감히 추측하건대

조사 장삼봉의 태극지혈은

전설처럼 자신의 피가 아닌

그가 살해한 타인의 피로써 붉게 된 것이다.

태극마심신공의 원리는 마기와 심장에 있으니

이는 장삼봉처럼 쌓아 올린 업보를…….

운정은 그 글귀를 깊이 탐독하고는 다음 것 그리고 또 그다음 것까지도 모두 읽어 냈다. 그리고 그가 결국 내린 결론은 간단했다.

"건곤감리(乾坤坎離). 사괘(師卦)를 온전히 사용하여 진정한 태극(太極)을 이룰 수 있다. 이는 건곤의 기운을 단전에 그리고 감리의 기운을 심장에 쌓는 것. 이로써 선기와 마기의 합으로 인하여 신선에 반열에 들면 그것이야말로 장삼봉의 진정한 유산이다……."

운정은 왜 그토록 사부님이 태극마심신공을 읽으려는 시도조차 하지 않았는지 알 것 같았다.

그는 침울한 기분을 느끼면서 중얼거렸다.

"고작 사백 자가 조금 넘어가는 내공심법이면서, 이토록 현묘한 것은 본 파의 내공심법을 모두 통틀어도 다섯 손가락 안에

꼽을 거야. 사부님, 결국 사부님이 틀린 것 같습니다."

운정은 손에 꽉 쥔 태극지혈 한 자루를 내려다보며 말했다.

"나의 경우는 검선이 말한 것과는 정반대다. 나는 감리의 기운만 있고, 건곤의 기운이 없어. 검선은 건곤에만 치우쳐진 무당파의 내공심법이 공과율에 얽매이는 식의 부작용을 염려하였다면, 나는 감리에만 치우쳐 있기 때문에 반대로 마기에 짓눌려 마인이 될 거야. 아니, 마에 대한 공부가 전혀 없으니 마수(魔獸)가 되지 않으면 다행이지. 결국 건곤의 기운이 필요한 건 매한가지… 하아, 사부님."

이젠 사부님을 불러도 대답조차 하지 않으시리라.

하늘로 우화등선하시여 버젓이 지켜보고 있는데, 그가 가장 혐오하던 자의 가르침을 이어받았으…….

"돌아가셨지. 무슨 놈의 우화등선."

운정은 이를 갈았다. 자신을 향한 분노와 혐오감이 물밀 듯 쏟아졌지만, 이미 커져 버린 그의 정신은 그런 감정이 휘둘릴 수 없었다.

그는 사당궁 밖으로 나왔다.

"일은 다 봤나?"

운정은 고개를 들고 카이랄을 보았다.

그는 태극지혈을 양손으로 받치고 있었는데, 매우 지친 기색으로 당장에라도 쓰러질 듯 보였지만, 최대한 피곤함을 감추고 있는 듯했다.

그래도 같이 보낸 시간이 있어 그나마 그가 힘들어한다는 걸 눈치챌 수 있었다.

"카이랄? 괜찮아?"

카이랄은 대답하지 않았다. 대답한다면 거짓말을 할 수밖에 없었기 때문이다.

그는 태양을 똑바로 올려다보더니 다른 말을 했다.

"이미 해가 높군. 늦어도 너무 늦었어."

"마법이 잘 안 된 건가?"

"잘되었다. 하지만 네가 나오질 않아서 기다리는 김에 다른 마법을 시도하고 있었다."

"아, 미안. 바쁘면 먼저 가도 상관없는데."

"내가 해 주고 싶은 말이 있어서 말이다. 그런데……."

"왜?"

"다 회복했나 보군. 눈을 보니 알겠어."

"그런 셈이야. 조금 다르지만."

"조금 다르다?"

"건곤의 기운이 아니라 감리의 기운을 몸에 채웠어. 무당산의 정기와는 전혀 상관없는 기운으로 말이야. 그러니 앞으로는 조금, 어려울 거야."

카이랄은 눈초리를 모으더니 혀를 내두르며 말했다.

"무림인의 내공심법은 정말 기적과도 같군. 하루아침에 마나를 모조리 되찾지 않나, 그걸 또 다른 종류의 것으로 채워 넣지 않나? 어떻게 그런 일을 할 수 있는 것이지?"

"설명하면 복잡해."

"흐음, 그렇다면 기다린 보람이 없겠어. 괜한 시간 낭비만 했군."

"뭐 때문인데? 들어나 볼게."

카이랄은 잠시 고민하더니 곧 갑자기 자기 손가락을 입 속에 넣었다.

운정이 황당해하는 사이, 그의 배가 위쪽으로 출렁거리더니 곧 그의 입속에서 갓난아이의 주먹만 한 돌 같은 것을 토해 냈다.

전체적으로 그을린 듯한 회색이었는데, 이곳저곳 벌려진 상처 속으론 붉은색이 엿보였다.

"이건 내가 위장에 품고 있던 엘리멘탈의 알이다."

운정은 그 단어를 전에 들어본 기억이 났다.

"애리매탈? 애리매탈이라면 그 전에 시르퀸의 머릿속에서 살고 있다는 그거?"

카이랄은 고개를 끄덕였다.

"우리의 세계에선 모든 자연(自然)을 네 가지 힘의 역학으로 해석한다. 그중 불이라 번역할 수 있는 이그니스(Ignis). 이 힘이 마법에 의해서 스스로 자의식을 갖추게 되면 엘리멘탈이라고 하는 패밀리어를 얻게 된다. 이것은 이그니스의 알로, 여기에 충분한 마나와 의식을 담으면 엘리멘탈 오브 이그니스(Elemental of Ignis)가 태어난다."

"……."

생전 처음 들어 보는 단어들 때문에 운정은 조용히 있었다.

카이랄은 아랑곳하지 않고 말을 이었다.

"나는 마법의 조예가 깊지 못하기 때문에, 아직 엘리멘탈을 얻지 못했어. 그러나 가끔씩 마나를 나눠 줘서 입으로 불을 뿜은 순 있다. 그때 본 것처럼."

"그런데 갑자기 그걸 왜 보여 주는 거야? 지금까지 날 기다린 이유가 뭐지?"

카이랄은 그것을 운정에게 던졌다. 운정은 얼떨결에 그것을 받았는데, 카이랄의 타액이 묻어 있었기에 꽤나 미끌미끌거렸다.

"더럽다 생각하지 말고 그 안의 기운을 살펴봐. 중원에도 있는 것인지."

운정은 잠시 눈살을 찌푸린 뒤에 손에서 느껴지는 기운에 집중했다. 운정은 그것이 무슨 기운인지 바로 알 수 있었다. 방금 전까지도 익숙하게 받아들인 기운이었기 때문이다.

"리기(離氣)."

"전에 이 검을 내가 만졌을 때, 네가 그리 말했었지, 아마?"

카이랄은 양손으로 받치고 있는 태극지혈을 내려다보며 물었고, 운정은 고개를 끄덕였다.

"응."

"어제 네가 말한 그 하늘과 땅의 기운이라고 한 것 말이다. 두루마리에 적혀 있었던 거. 그것도 그 네 가지의 힘에 포함되는 것들이다. 원어로는 에어(Aer)와 테라(Terra)라고 하지. 네가 건기(乾氣)라고 했던 거, 그게 우리 세계의 에어라는 생각이 문득 들었다."

"그런데?"

"기억나나? 네가 그 하얀 것의 머릿속에 살고 있는 엘리멘탈을 통해서 에어의 힘을 끌어다 쓴 거? 그때 하얀 것은 엘리멘탈이 얼마나 오랫동안 잠들어 있어야 할지 모르겠다며 어리광을 부렸었지. 그때도 분명 너는 건기라고 했었다. 그것도 순수한 건기 맞지?"

"응, 맞아. 그때 분명 너무나도 순수한 건기를 느껴서… 호, 혹시?"

운정의 얼굴은 더 이상 환해질 수 없을 만큼 밝아졌다.

카이랄은 지금까지 보여 준 적이 없는 따듯한 미소를 지으며 말했다.

"네게 더 이상 그 마나가 없다는 건 알겠다. 이 무당산의 마나가 사라져서 회복을 잘하지 못한다는 것도 이해했어. 만약 그 건기라는 것이 만약 우리 세계의 에어와 같다면, 그리고 땅의 기운 또한 테라와 같다면……."

운정은 조금 흥분한 목소리로 카이랄의 말을 잘라 버렸다.

"곤기(坤氣)라고 해. 곤기. 땅의 기운은 말이야."

"그래, 그래. 그것을 찾을 수 있다면 네가 내력을 회복할 수도 있겠다 생각했다. 하지만 이미 회복했으니 쓸데없는 참견이 되었지만."

운정은 눈을 몇 번이나 껌벅이더니, 그대로 카이랄 앞에 달려왔다. 카이랄이 당황한 표정으로 그를 바라보자, 그는 그대로 손을 이마에 가져가더니 잔뜩 상기된 목소리로 말했다.

"정작 절해야 할 사람을 이리 세워 두고 밤새 뭔 짓을 한 건지 모르겠어."

그는 그대로 무릎을 굽혀 카이랄에게 절했다. 그렇게 다시 일어나고 또 절을 하자, 카이랄은 얼굴을 찌푸리며 말했다.

"그 괴상한 짓을 몇 번이나 하려는 것이지?"

"이제 일곱 번 남았어. 조금만 참아 줘."

"무슨……."

운정은 그렇게 구배지례를 마치고 손에 든 엘리멘탈의 알을 카이랄에게 건네면서 말했다.

"둘 다 필요해."

"뭐?"

"건기와 곤기, 아니, 그 애어와 태라라는 거."

"에어와 테라다."

"하여간 그거, 둘 다 있어야 해. 그래야만 가능해."

"……."

"부탁해도 될까?"

"두 엘리멘탈의 알을 구해 달라고? 그건 불가능하다. 너무나 귀한 거라, 내 손에서 구할 수 있는 물품이 아니다."

"그럼 그 애리매탈이란 걸 수련하는 방법을 알려 주든, 뭐든 알려 줘. 시험해 보고 싶어."

카이랄은 운정의 반짝거리는 두 눈을 애써 외면하면서 말했다.

"우선 임무가 있다. 그게 먼저야."
"물론이지. 얼른 다녀와."
"오래 걸릴 수도 있다."
"괜찮으니까, 다녀와. 기다리지. 여기서."
"화산에 간다고 하지 않았나?"
"급한 건 아니니까."
"보장은 하지 못한다. 나도 그냥 문득 든 생각이야. 그러니 너무 큰 기대는 하지 마라."
"걱정 마."
시익 웃는 운정의 두 눈에는 반짝이는 기대감이 가득했다. 때문에 카이랄은 차마 그 두 눈을 계속 바라볼 수 없었다.
그는 단호하게 말했다.
"내가 일족의 임무를 미뤄 가면서 네게 도움을 준 건, 그것이 철저하게 일족에 도움이 될 수 있기에 그런 것이다. 개인적인 유대감 때문이 아닌 걸 확실히 하자."
다소 냉정한 말이지만, 운정은 전혀 기분 상하지 않았다. 오히려 깊은 미소를 지었다.
"순수한 건곤의 기운을 찾아줄 수 있다면 나뿐만이 아니라 무당파 전체가 신세를 지는 거야. 목숨을 걸고 도와주지. 네 일족을."
"……."
"약속할게."
카이랄은 턱을 매만지더니 곧 말했다.

"그러면 화산에 가."

"응?"

"화산에 가서 이 검을 전해 줘. 내가 건 마법들로 통해서 우리 일족은 많은 정보를 얻을 수 있을 거야. 그렇게만 해 준다면, 내가 장로들에게 엘리멘탈의 알, 두 개를 구해 달라고 말할 수 있는 충분한 이유가 될 것이다."

"흐음."

"나도 내 이름을 아는 자와 계속 이런 식으로 거래를 하고 싶진 않다. 하지만 여긴 내게 있어 전장. 일족의 사활이 걸린 문제다. 내 신념이 어그러지고 내 체면이 구겨져도 이 정도의 요구는 해야겠다."

운정은 카이랄의 어깨에 손을 올렸다. 카이랄이 순간 놀라며 당황하는데 운정이 부드럽게 말했다.

"마음 상하지 않았으니, 걱정 마. 화산에 갈게."

『천마신교 낙양본부』 3권에 계속…